Mordseegrauen

Marcus Ehrhardt

Bibliografische Information der Deutschen Nationalbibliothek: Die Deutsche National-bibliothek verzeichnet diese Publikation in der Deutschen Nationalbibliografie; detaillierte bibliografische Daten sind im Internet über dnb.dnb.de abrufbar.

Impressum:

© 2019 Marcus Ehrhardt
Herstellung und Verlag:
BoD – Books on Demand, Norderstedt
ISBN: 9783749448562

Korrektorat / Lektorat: Tanja Loibl
Titelgestaltung: MTEL-Design
Bildnachweis: pixabay

MIX
Papier aus verantwortungsvollen Quellen
Paper from responsible sources
FSC® C105338

Kapitel 1

Die Mittagssonne brannte stechend vom Himmel. Ellen Grundmann zog ihren Sonnenhut tief ins Gesicht und wischte sich den Schweiß von den Wangen. Seit mehr als einer Woche rollte die Hitzewelle über den Norden Deutschlands hinweg und ihr Körper hatte sich noch lange nicht daran gewöhnt. Gut, dass wir nicht in die Karibik geflogen sind, sondern hier in Bensersiel campen, dachte sie schmunzelnd, wohlwissend, sich solch eine Fernreise sowieso nicht leisten zu können.

Sie musste lächeln wegen der kreischenden, herumtollenden Kinder, die Fangen oder Fußball spielten. Ellen liebte Kinderlärm, auch wenn manch andere Eltern das nicht nachvollziehen konnten. Die meisten von ihnen bekamen den oft, wahrscheinlich zu oft zu Hause präsentiert. Das verhielt sich bei Ellen anders: Bei ihr daheim war es meist ruhig. Aus gutem Grund.

Sie stand als vierte in der Schlange vor dem Eiswagen an und wartete darauf, bei Luigi Schokoladeneis bestellen zu können. Schokolade war die Lieblingssorte ihres Sohnes Julian.

»Prego?«, fragte der schwarzhaarige Mann hinter dem Tresen, der Ellen mit seinem dichten Schnauzbart unweigerlich an *Super Mario*, den bekannten Klempner aus dem gleichnamigen Spiel erinnerte.

»Zweimal Schoko in der Waffel bitte«, antwortete sie und legte eine Zwei-Euro-Münze neben das Gestell, in das Luigi die fertigen Eistüten steckte, damit sie nicht umfielen. Wehmütig dachte sie an ihre Kindheit zurück, als man für eine Kugel noch keinen ganzen Euro zahlen musste – und in der das Leben als solches noch unbeschwert und unkompliziert gewesen war.

Das Radiogerät hinter dem Italiener spielte fröhliche Musik aus seiner Heimat, während er mit flinken Bewegungen Ellens Bestellung fertigmachte und ihr mit einem breiten Grinsen reichte. »Grazie«, sagte sie schüchtern und hoffte, es richtig ausgesprochen zu haben. Doch Luigi wandte sich bereits den beiden Mädchen zu, die jetzt an der Reihe waren.

Ellen leckte vorsichtig am Rand der Waffel entlang, damit nichts von dem schmelzenden Eis darauf lief. Julian würde es nicht essen, sollte auch nur das kleinste Rinnsal zu sehen sein. Er war speziell, und nicht nur dann, wenn es darum ging, wie sein Eis auszusehen hatte.

Sie bog um die Ecke des Gebäudes, in dem sich die öffentlichen Toiletten und ein Kiosk befanden, und steuerte den Spielplatz an, auf dem Julian vor dem Sandkasten saß und die anderen Kinder beim Spielen beobachtete. Das heißt, eben hatte er noch dort gesessen. Ellen wurde unruhig. Hektisch flogen ihre Blicke über das Gelände, doch sie konnte Julian nirgendwo entdecken. Nicht am Sandkasten, nicht bei den Klettergeräten daneben und auch nicht bei den Schaukeln.

»Julian?« Keine Antwort. Natürlich nicht. Abermals rief sie nach ihrem Sohn, dieses Mal lauter, obwohl ihr bewusst war, dass er nicht antworten würde, selbst wenn er direkt hinter ihr stünde.

»Haben Sie meinen Sohn gesehen?«, fragte sie mit sich überschlagender Stimme die Eltern um den Sandkasten herum, die sie irritiert anschauten.

»Nein«, sagte eine Mutter und weitere schüttelten den Kopf, während sie miteinander flüsterten.

»Niemand? Hat ihn niemand gesehen? Er saß eben noch hier.« Sie zeigte auf die Stelle am Boden, an der sich ganz langsam die Grashalme wieder aufrichteten, die von seinem Gewicht zuvor nach unten gedrückt worden waren. Weiteres Kopfschütteln und Gemurmel. Sie ließ das Eis fallen und rannte los. Sie musste ihn finden. Schnell!

Die Erwachsenen schauten ihr verwundert hinterher, die Kinder jedoch nahmen kaum Notiz von der völlig aufgelösten Frau und spielten weiter.

Kapitel 2

Maria warf ihrem Kollegen einen mitleidigen Blick zu. Wie ein Häufchen Elend kauerte er hinter seinem Schreibtisch, die Jalousien zur Hälfte heruntergelassen. Auf der Tischplatte standen zwei Flaschen Wasser, von denen er eine bereits nach zehn Minuten fast geleert hatte.

»Gose, was ist los? Gestern zu tief ins Glas geguckt?« Sie konnte es sich nicht verkneifen, zumal sie seinen derzeitigen Zustand selbst nur zu gut kannte und zudem wusste, dass auch er keine Chance auf eine Spitze in ihre Richtung ungenutzt verstreichen lassen würde.

»Lass mich in Ruhe sterben«, krächzte er und die raue Stimme unterstrich seine jämmerliche Verfassung.

»Komm schon, du bist doch ein ganzer Kerl.« Sie lachte, worauf er die Augen zusammenkniff. »Ach, sind wir heute etwas geräuschempfindlich? Hast du Migräne?«

»Boah, lass mich einfach. Wenn du krank bist, fühle ich schließlich auch stets mit dir.«

»Na sicher«, erwiderte sie und fügte grinsend hinzu: »Bis eben wusste ich gar nicht, dass du das Wort Mitfühlen in deinem Repertoire hast.«

Die Tür ging auf, ein Kollege trat herein, reichte Maria einen dünnen Pappordner und unterbrach damit die kleine Fopperei zwischen den beiden.

»Ist gerade reingekommen: Der 5-jährige Julian Grundmann wird seit gestern Nachmittag vermisst. Er macht mit seiner Mutter Ellen Campingurlaub in Bensersiel. Näheres steht in der Akte.« Er schaute zu Goselüschen. »Was ist denn mit dir passiert? Du siehst scheiße aus.«

»Danke, Hinnerk, meine Rede«, pflichtete Maria bei.

»Leckt mich doch.« Goselüschen schnappte ihr den Ordner aus der Hand und klappte ihn auf, wobei er ihm fast herunterfiel. »Was haben wir mit ausgebüxten Kindern zu tun?«

»Alter, wirf dir ein Pfefferminz ein.« Hinnerk wedelte mit der Hand vor seinem Gesicht und verzog es gleichzeitig. »Die Kollegen aus Esens haben den kompletten Campingplatz auf den Kopf gestellt und auch in der Umgebung keine Spur von ihm gefunden. Die Jungs vom Wasserschutz waren ebenso erfolglos. Die Mutter befürchtet, dass er entführt worden ist.«

»Gib mal her«, sagte Maria und streckte ihren Arm aus. Ihre ungeduldige Handbewegung veranlasste Goselüschen dazu, ihr die Unterlagen zu überlassen. »Du kannst das gerade eh nicht lesen.« Sie überflog die Zettel. »Ach, da schau her, die leben in Dinklage, ganz in der Nähe meiner alten Heimat.« Sie nickte ihrem Kollegen zu. »Dank dir, Hinnerk, wir kümmern uns darum.« Der Angesprochene hob kurz die Hand und ging hinaus.

»Okay«, sagte Goselüschen und rieb sich die Schläfen. »Jetzt klär mich nochmal auf, worum es genau geht.«

»Bist du sicher, dass du nicht erstmal deinen Rausch ausschlafen willst? So nehm ich dich jedenfalls nicht mit zu der Mutter des Jungen. Und nun erzähl mal, warum du verkatert bist.«

»Ach, daran ist mein Bruder Schuld. Der kam gestern Abend überraschend vorbei und wollte nur kurz Moin sagen. Das Ende vom Lied waren zwei leere Flaschen Küstennebel. Aber«, er hob beide Hände, um seine Aussage zu unterstreichen, »daran ist nur Knut Schuld!«

»Natürlich, das verstehe ich«, sagte Maria zwinkernd. »Hör zu, folgender Vorschlag: Ich bring dich eben rum zu dir, du duschst und haust dich ein paar Stunden auf's Ohr. Ich hol dich wieder ab, wenn ich aus Esens zurück bin.«

»Hm, das wäre sicher eine vernünftige Maßnahme. Einverstanden.«

***

Wenn dieser Sommer weiterhin mit Temperaturen um die 30 Grad Celsius aufwarten würde, sollten sie und Goselüschen einen Antrag auf ein Cabrio als Dienstwagen stellen, träumte Maria vor sich hin. Zwar arbeitete die Klimaanlage in ihrem Audi gut, doch schöner wäre es, sich den Fahrtwind durch die offenen Haare wehen zu lassen, wie sie es bereits bei vier Cabrios gesehen hatte, die ihr entgegengekommen waren.

Maria steuerte auf den Parkplatz vor der Polizeidienststelle Esens zu, wo die Mutter des Jungen gestern die Vermisstenmeldung aufgegeben hatte. Sie parkte neben einem Streifenwagen, band sich die blonden langen Haare zu einem Pferdeschwanz und kontrollierte dessen Sitz mit einem Blick in den Rückspiegel.

»Moin, Frau Fortmann«, begrüßte sie eine junge, rothaarige Polizistin, die offensichtlich ebenfalls mit der

Hitze zu kämpfen hatte. Darauf deuteten jedenfalls die dunklen Schweißflecken unter ihren Achseln hin, die sich schwach vom Dunkelblau des kurzärmligen Uniformhemds abhoben.

»Moin, Frau Detersen, nennen Sie mich Maria«, erwiderte sie, nachdem sie sich gegenseitig vorgestellt hatten. »Was können Sie mir sagen, abgesehen von dem hier?« Sie wedelte mit dem Ordner, den sie vorhin von Hinnerk bekommen hatte.

»Alles klar, Maria, ich bin Katja. Setzen Sie sich erstmal. Wollen Sie einen Kaffee? Oder lieber was Kaltes?« Sie stöhnte leise. »Diese Temperaturen sind nichts für mich.« Daran habe ich keinen Zweifel, dachte Maria im Hinblick auf die helle, von Sommersprossen übersäte Haut Katja Detersens. Wahrscheinlich gab es im freien Handel keine Sonnencreme, die einen ausreichend hohen Lichtschutzfaktor aufwies, um es Menschen wie Katja zu ermöglichen, sich länger als zehn Minuten ungefährdet im Freien aufhalten zu können.

»Gerne ein Wasser.« Sie nickte und zog eine Flasche aus einer Kühlbox, die neben ihrem Schreibtisch stand, schenkte zwei Gläser ein und schob eines zu Maria. »Danke, das sieht gut aus.« Sie griff nach dem Glas, über das sich bereits ein kühler Kondenswasserfilm gelegt hatte, und nahm einen großen Schluck.

»Frau Grundmann rief uns gestern gegen 15 Uhr an und meldete das Verschwinden ihres Sohnes Julian, das steht ja in den Unterlagen.« Maria nickte. »Wir haben sofort zwei Kollegen hingeschickt, die bei der Suche geholfen haben, was jedoch ergebnislos blieb. Dann haben wir einen Hubschrauber mit Wärmebildkameras und zwei Hunde eingesetzt. Die Kollegen von der

Wasserwacht haben mit Booten und Tauchern den Bereich vor dem Strand abgesucht. Doch nada – nix gefunden. Wir haben bis in die frühen Morgenstunden gesucht.«

»Hat niemand was gesehen? Ich meine, der Spielplatz war doch sicher voller Menschen.«

»Ja, Maria, das ist ja das Ding: Einige konnten sich an Julian und auch an seine Mutter erinnern, doch niemand will etwas von seinem Verschwinden mitbekommen haben.« Sie räusperte sich. »Was, wenn Sie mich fragen, auch nicht so ungewöhnlich ist, denn die hatten schließlich genug damit zu tun, ihre eigene Brut im Blick zu behalten. Da bleibt nicht viel Zeit, um ein nahezu unbewegliches Kind zu beobachten.« Maria runzelte die Stirn.

»Was heißt das? Sitzt Julian im Rollstuhl?«

»Nein. Ach, steht das noch nicht im Bericht? Julian ist Autist.«

»Das steht in der Tat nicht drin, allerdings, dass Frau Grundmann von einer Kindesentführung ausgeht. Wie kommt sie darauf?«

»Tja, sie ließ von Anfang an auch nicht den geringsten Zweifel an dieser Überzeugung zu. Frau Grundmann meinte, er würde normalerweise nicht einfach losspazieren und erst recht nicht weglaufen.« Maria überlegte krampfhaft, allerdings musste sie sich eingestehen, über diese Entwicklungsstörung kaum besser informiert zu sein als jeder, der damals *Rain Man* mit *Dustin Hofman* in der Hauptrolle gesehen hatte, der darin, so meinte sie jedenfalls, oscarprämiert und sehr authentisch einen Autisten darstellte.

»Hat sich denn ein Entführer gemeldet?«

»Nein, jedenfalls wissen wir nichts davon. Ich habe vor einer halben Stunde noch mit Frau Grundmann telefoniert. Sie ist völlig aufgelöst, hat aber diesbezüglich nichts erwähnt.«

»Was ist mit dem Vater des Jungen?« Jetzt war es Katja Detersen, die in den Unterlagen nachsehen musste.

»Hier, Hubert Grundmann, wohnhaft in Vechta. Laut Frau Grundmann sind sie seit ungefähr drei Jahren geschieden.«

»Ist er über das Verschwinden des Jungen informiert?«

»Von uns nicht, vor Abschluss der Suchaktion hielten wir es für verfrüht, weitere Schritte einzuleiten. Wir haben gestern Abend noch per Facebook eine Vermisstenanzeige geschaltet, die, wie üblich, oft geteilt wurde – doch leider kam dabei außer Mitleidsbekundungen und Aufmunterungen für die Eltern nicht viel herum. Wir wollten die Sache bis heute Morgen beobachten, bevor wir die Meldung zu euch nach Aurich rausschicken.« Maria nahm das Wasserglas und trank es aus.

»Verstehe. Ich würde jetzt gern mit der Mutter des Jungen sprechen.« Sie erhob sich und folgte Detersen, die ebenfalls aufgestanden war und an ihr vorbei aus dem Büro ging. Im Eingangsbereich teilte sie einem Kollegen mit, dass sie mit Maria nach Bensersiel fahren würde.

***

Maria atmete tief durch, als Katja Detersen an der Tür zum Wohnmobil klopfte. Sie spürte ein leichtes Ziehen in der Magengegend, denn im Gegensatz zu dem Bild, das die Frau ihnen bot, als sie öffnete, hatte Goselüschen vorhin ausgesehen wie der frische Morgen. Ellen Grundmann hatte schwarze Ringe unter den verweinten, aufgedunsenen Augen und ihre strohblonden, langen Haare standen in alle Himmelsrichtungen ab.

»Kommen Sie rein«, sagte sie mit brüchiger Stimme. Maria und Katja setzten sich zu ihr an den Tisch, der direkt an der Küchenzeile montiert war.

»Mein Name ist Maria Fortmann, ich komme von der Kripo Aurich. Wir sind jetzt zuständig für Sie.«

»Kripo? Heißt das, man nimmt mich jetzt endlich ernst?«

»Frau Grundmann«, begann Detersen, »wir nehmen Sie die ganze Zeit ernst, ansonsten hätten wir mit Sicherheit nicht den Aufwand mit der nächtlichen Suchaktion gefahren.« Die Mutter des vermissten Kindes reagierte mit einem spöttischen Zischen.

»Ich habe Ihnen von Anfang an gesagt, dass Julian nicht einfach weggelaufen ist, sondern dass ihn auf jeden Fall jemand entführt hat.« Maria hob beschwichtigend die Hand, worauf ihre Kollegin die Erwiderung unterließ, zu der sie gerade ansetzen wollte.

»Gibt es zu Ihrer Vermutung einen Anlass, sprich: Haben Sie jemanden Konkretes in Verdacht? Oder hat sich gar ein Entführer bei Ihnen gemeldet?«

»Nein, es hat sich niemand gemeldet«, sagte Ellen Grundmann und schüttelte langsam den Kopf. »Wozu auch? Wir haben kein Geld.«

»Und wie kommen Sie darauf, dass er entführt wurde?«

»Weil er, wie ich Ihrer Kollegin bereits mehrfach gesagt habe, nicht einfach so fortlaufen würde. Er ist Autist, wissen Sie?« Maria nickte. »Fremde Umgebung verunsichert ihn und normalerweise würde er am Abend noch dort sitzen, wo er sich morgens hingesetzt hat.«

»Fällt Ihnen ein Grund ein, warum ihn jemand entführt haben könnte? Abgesehen vom Geld, das nicht vorhanden ist?«

»Nein, warum sollte jemand so etwas machen? Er hat doch niemandem etwas getan.«

»Hatten Sie vielleicht mit jemandem Streit? Sind Sie jemandem auf den Schlips getreten?« Sie verbarg ihr Gesicht in den Händen und schluchzte.

»Mein Gott, mir fällt nichts ein. Aber egal wo er gerade ist, er wird große Angst haben.«

»Was ist mit Julians Vater, weiß er Bescheid?« Die Mutter des Jungen schnäuzte sich, bevor sie antwortete.

»Ich konnte ihn noch nicht erreichen. Aber ihm ist es wahrscheinlich eh egal. Für ihn war Julian immer nur Ballast, er konnte überhaupt nicht damit umgehen, dass er anders ist. Deswegen hat er sich ja auch von uns getrennt.« Sie verzog angewidert das Gesicht. »Er könne es nicht mehr ertragen, von allen angestarrt zu werden, hat er gesagt. Und dann war er weg.« Maria hatte kein Verständnis für jemanden, der sein eigenes Kind wegen einer Beeinträchtigung im Stich ließ, und generell für niemanden, der überhaupt an behinderten Menschen Anstoß nahm. Aber wenn der Vater, wie

Ellen Grundmann sagte, nichts mit Julian zu tun haben wollte, wusste sie auch nicht, warum er ihn entführen sollte.

»Gut, wenn ich Sie richtig verstehe, kam es bisher nicht vor, dass Julian sich mal davongestohlen hat?«

»Nein, noch nie. Nur deswegen habe ich ihn überhaupt für die paar Minuten aus den Augen gelassen. Ich sagte doch, er braucht immer eine gewisse Sicherheit um sich herum. Am entspanntesten ist er, wenn ich in unmittelbarer Nähe bin.« Sie schaute die Polizistinnen mit verweinten Augen an. »Mir ist schon klar, dass Sie mich für eine Rabenmutter halten, die nicht auf ihr Kind aufpassen kann.«

»Nein«, entgegnete Maria energisch. »Dafür halte ich Sie absolut nicht.«

»Dann sind Sie die Einzige.«

»Was genau ist passiert gestern? Wo hielten Sie sich auf, bevor Sie das Eis geholt haben?«

»Ich lag keine zehn Meter neben dem Sandkasten im Gras und habe ein Kreuzworträtsel gemacht.«

»Haben Sie Julian gesagt, dass Sie das Eis holen gehen oder sind Sie einfach so gegangen?«

»Natürlich habe ich ihm Bescheid gesagt«, sagte sie eine Spur zu echauffiert nach Marias Empfinden. Sie ging jedoch nicht weiter darauf ein, sondern zog eine Visitenkarte aus ihrer Hosentasche und reichte sie Ellen. »Hier ist meine Handynummer drauf. Falls sich irgendetwas ergibt, zögern Sie nicht, mich anzurufen.« Ellen Grundmann nahm sie und warf einen Blick darauf.

»Und was gedenken Sie nun zu tun, Frau Hauptkommissarin?«

»Wir werden zuerst noch einmal alle Zeugen befragen, die sich gestern auf dem Spielplatz aufgehalten haben.« Maria schaute zu Detersen. »Gleichzeitig werden wir die Suchaktion ausdehnen und intensivieren.«

»Aber –.«

»Später«, unterbrach Maria ihre Kollegin, die offensichtlich Einwände hatte.

Mit grimmigem Gesichtsausdruck stapfte Katja Detersen neben Maria her, als sie sich dem Spielplatz näherten, der nur etwa zweihundert Meter vom Wohnmobil der Grundmanns entfernt vor einem großen Spaßbad lag.

»Wie stellen Sie sich das vor? Was sollen wir noch alles in Bewegung setzen?«, platzte es aus ihr heraus.

»Nichts«, antwortete Maria ruhig und registrierte aus dem Augenwinkel den verdutzten Blick ihrer Kollegin. »Stellen Sie sich vor, ich hätte ihr gesagt, dass wir im Moment so gut wie nichts machen können – meinen Sie, damit wäre ihr geholfen?« Sie wartete nicht auf eine Antwort. »Ich denke nicht, aber vielleicht gibt ihr das etwas Ruhe und uns die Zeit, der Sache auf den Grund zu gehen.«

»Ach so, daher weht der Wind. Glauben Sie ihr denn, dass der Junge entführt wurde? Am helllichten Tag vor zig Zeugen?«

»Es geht nicht darum, was ich glaube, sondern darum, ob es möglich ist.« Eine Möwe flog kreischend nur wenige Meter an ihnen vorbei, drehte dann ab und schoss in Richtung des Meeres. Maria sah ihr nach. »Schauen Sie selbst.« Sie wies auf den Spielplatz, auf dem etliche Kinder auf den Geräten herumtollten und deren Eltern auf Bänken, Hockern oder einfach im Gras saßen, Kaffee tranken, den Kindern zuschauten oder sich unterhielten. »Nehmen wir mal den kleinen, dunkelhaarigen Jungen dort im Sandkasten, sehen Sie ihn?« Detersens Blick folgte Marias ausgestrecktem Arm.

»Der mit der gelben Mütze?«

»Ja, genau. Seine Mutter sitzt dort drüben und liest ein Buch.«

»Äh, woher wissen Sie das, Maria?«, fragte sie offensichtlich leicht verwirrt.

»Sie schaut etwa alle zwei Minuten zu ihm. Das ist mir bereits aufgefallen, als wir vorhin hier vorbeigegangen sind.«

»Ja, gut. Und weiter?«

»Wenn ich nun den nächsten Kontrollblick abwarten würde, direkt danach zu ihm gehen, ihn auf den Arm nehmen und fortgehen würde, seinen Kopf dabei so an meine Schulter drückend, dass man ihn nicht hören könnte, würde ich ihn höchstwahrscheinlich ohne Weiteres einige Meter wegschleppen können, bevor seine Mutter es mitbekäme. Denn die meisten hier passen auf die eigenen Kinder auf, nicht auf die fremder Leute.«

»Mag ja sein, aber nach zwei Minuten würde die Mutter Alarm schlagen.«

»In diesem Fall sicher. Aber nun stellen Sie sich vor, Sie hätten nicht zwei Minuten, sondern vier oder fünf.« Sie schaute zum Parkplatz hinüber. »Meinen Sie nicht, dass ich in der Zeit spielend zum Auto käme?«

»Möglich«, sagte die uniformierte Polizistin.

»Stellen wir uns einfach mal vor, der Entführer beobachtet die beiden eine Weile, hält sich in deren Nähe auf und wartet nur auf den passenden Moment, um zuzuschlagen. Dann sagt Mutter Grundmann zu ihrem Sohn, dass sie das Eis holen geht. Der Eiswagen ist von hier aus nicht zu sehen. Der Entführer muss sich also nur gedulden, bis sie hinter der Ecke verschwindet. Dann schnappt er sich den Jungen, streichelt ihm noch über den Kopf, damit es authentisch aussieht, und schwupps, ist er mit ihm auf dem Parkplatz, von wo er binnen Minuten auf und davon ist.«

»Hört sich ziemlich schräg an«, sagte Detersen. »Irgendwie nach so einer abgedrehten Psychothrillerscheiße. Aber ja, so könnte es tatsächlich abgelaufen sein. Doch die große Frage bleibt: Warum?«

»Das, meine liebe Katja, müssen wir herausbekommen. Dann finden wir auch den Täter und im besten Fall den gesunden Jungen.«

»Da bin ich gespannt.«

Maria musterte ihre Kollegin mit einem Seitenblick.

»Ich hab eine off-topic Frage: Sie sind doch höchstens 28 oder 29. Wie haben Sie es geschafft, Dienststellenleiterin zu werden?« Katja grinste.

»Sie sind nicht die Erste, die mich das fragt. Ich bin 27. Wahrscheinlich liegt es daran, dass ich zu 100 Prozent Cop bin, mein Privatleben findet faktisch nicht statt.« Das kam Maria bekannt vor, fast so, als würde ihr gerade der Spiegel vorgehalten werden.

»Ich fragte auch nicht kritisch, sondern begrüße es, wenn Frauen in Führungspositionen aufsteigen.«

»Na ja, lassen wir die Kirche im Dorf. Unsere Dienststelle ist ja nicht groß, aber wer weiß, vielleicht beerbe ich irgendwann die Dünemann.« Jetzt musste Maria lachen und stellte sich für einen Moment vor, dass Katja ihre direkte Vorgesetzte wäre.

Maria nahm den Spielplatz und die angrenzende Umgebung genau in Augenschein und stellte dabei fest, dass es sich von den räumlichen Begebenheiten her in der Tat so abgespielt haben könnte, wie sie es gerade ihrer Kollegin beispielhaft erzählt hatte. Und das, obwohl die meisten Eltern doch mitbekommen haben müssten, was hier gestern passiert war. Aber so waren die Menschen in der heutigen, schnelllebigen Zeit nun einmal, dachte Maria ernüchtert. Seitdem der Hubschrauber in den frühen Morgenstunden seinen letzten Sucheinsatz geflogen hatte, waren über Facebook, WhatsApp und dergleichen so viele neue Reize auf die Leute eingeprasselt, dass eine Nebensächlichkeit wie eine Kindesentführung mitten am Tag in den Hintergrund geriet.

In der Folgezeit befragten sie erneut die Zeugen, die ihre Aussagen bereits am Vortag bei den Kollegen abgegeben hatten. Keiner von ihnen konnte etwas Neues hinzufügen. Desillusioniert schlenderten sie den Hauptweg entlang, von dem in regelmäßigem Abstand Stichwege abgingen, die zu den einzelnen Parzellen führten.

Katja deutete auf einen Wohnwagen, dessen blauweißes Vorzelt Maria an ein bayerisches Festzelt in Kleinformat erinnerte.

»Hier ist es«, sagte sie. »Da wohnen die Möhlenkamps, das sind die letzten Zeugen auf unserer Liste.«

»Dann wollen wir mal«, sagte Maria und klopfte gegen das Alugestänge, über welches das Vorzelt gespannt war. Eine junge Frau im Freizeitanzug bat sie herein, nachdem sie sich als Polizistinnen zu erkennen gegeben hatten.

»Das ist wirklich unfassbar schrecklich«, sagte sie mit dünner Stimme. »Sowas ist wohl der Albtraum einer jeden Mutter, wenn das eigene Kind plötzlich verschwindet.« Sie schüttelte kaum merklich den Kopf und sah jetzt Maria direkt an, die sich ihr gegenüber an einen Campingtisch gesetzt hatte. »Konnten Sie ihn denn nicht finden mit dem Hubschrauber oder den Hunden?«

»Nein, leider nicht«, erwiderte Maria und nun war sie es, die den Kopf schüttelte. »Deswegen sind wir ja hier. Sie sagten gestern, dass Sie sich an den Jungen und seine Mutter erinnern würden, dass Sie sie gesehen hätten auf dem Spielplatz?«

»Ja, das ist richtig.«

»Und ansonsten ist Ihnen nichts aufgefallen? Auch jetzt nicht, nach einer Nacht drüber schlafen?«

»Hm«, begann Maike Möhlenkamp, wie sie sich vorgestellt hatte. »Eigentlich nicht. Der Junge saß ein paar Meter vor mir und seine Mutter lag vielleicht zwei Meter neben mir auf dem Rasen. Ich habe natürlich mehr auf meinen Racker geachtet, der im Sandkasten gespielt hat.« Im selben Moment kam besagter Racker aus dem Wohnwagen gelaufen und sprang seiner Mutter auf den Schoß.

»Darf ich fahren?«, fragte er mit piepsiger Stimme, die Maria förmlich ins Ohr schoss wie ein akuter Tinnitus.

»Ja, Schatz, aber bleib hier vor dem Zelt, wo ich dich sehen kann.« Der Junge kletterte von seiner Mutter, wobei er einen Getränkebecher vom Tisch stieß, rannte zu seinem Bobby-Car und zog es nach draußen, wo er sofort begann, mit lauten Brummgeräuschen seine Bahnen zu ziehen. »Er braucht die Bewegung, Sie verstehen?« Maria nickte und machte gedanklich drei Kreuze, keine eigenen Kinder zu haben.

»Offensichtlich. Aber zurück zu gestern: Sind Ihnen andere Leute aufgefallen? Welche, die da irgendwie nicht hinpassten?«

»Wenn Sie mich so fragen«, begann sie und ihr Gesicht wirkte nachdenklich, »da war tatsächlich jemand, der mir aufgefallen ist, bevor das mit dem Jungen passierte.« Maria wurde hellhörig, streckte den Rücken durch und neigte sich nach vorn.

»Fahren Sie bitte fort.«

»Nun, da war ein Mann, unscheinbar, vielleicht um die Dreißig. Der saß mir fast gegenüber auf einer Bank und hat die Kinder beobachtet. Und ich bin mir relativ sicher, dass keines davon in der Zeit zu ihm gekommen ist.«

»Sie meinen, keines der Kinder gehörte zu ihm?«

»Richtig.«

»Und er war nicht mehr da, nachdem Julian verschwunden ist?«

»Das ist es ja. Als die Mutter zurückkam und nach ihrem Sohn rief, habe ich, wie viele andere der Leute auch, hochgeschaut und geguckt, ob ich ihn irgendwo sehe. Und als ich zur Bank geschaut habe, saß dort niemand mehr.« Maria rief sich das Bild vom Spielplatz ins Gedächtnis. Nach der Beschreibung Maike Möhlenkamps befand sich besagte Bank zwischen dem Sandkasten und dem Parkplatz. Sie wechselte einen Blick mit Katja, die mit den Schultern zuckte. Das war der bisher einzige Anhaltspunkt, den sie hatten und der sich zu verfolgen lohnte.

»Frau Möhlenkamp, sind Sie mit dem Wagen hier?«

»Äh, ja, aber den hat mein Mann gerade. Der muss arbeiten und kommt übermorgen damit zurück. Warum?«

»Sie sind die Einzige, die uns vielleicht weiterhelfen kann. Würden Sie uns zur Dienststelle begleiten, um mit einer Kollegin ein Phantombild des Mannes zu erstellen?«

»Jetzt? Sofort?« Sie verschränkte die Arme vor der Brust. »Ich wollte mit meinem Sohn zum Strand.«

»Frau Möhlenkamp«, mischte sich Katja ein, »falls Julian entführt wurde, zählt jede Minute. Stellen Sie sich vor, es ginge um Ihren Sohn.«

»Okay«, lenkte sie etwas mürrisch ein. »Kann ich mir noch etwas Anderes anziehen?«

»Selbstverständlich«, sagte Maria.

***

Fatma, die dunkelhaarige Spezialistin für die Erstellung von Phantombildern und Fahndungsfotos der Auricher Polizeiinspektion, ließ ihre feingliedrigen Finger über die Tastatur fliegen, während sie Maike Möhlenkamp verschiedene Fragen zu den Gesichtsmerkmalen des Mannes stellte. Nach einigen Anpassungen der Gesichtsform, hauptsächlich der Kinnpartie, nickte die Zeugin schließlich.

»Ja, so hat er ausgesehen. Die Augenbrauen vielleicht noch etwas kräftiger, buschiger.« Fatma drückte einige Tasten.

»So?«

»Mh, genau so.«

»Danke, Frau Möhlenkamp. Ein Kollege bringt Sie und Ihren Sohn wieder zurück«, erklärte Maria und drückte Fatma die Schulter. »Super Arbeit! Gibst du das Bild bitte an die Kollegen weiter?«

»Gern geschehen«, sagte diese. »Das Porträt ist schon raus.«

Maria sah der Frau hinterher, die, ihren Sohn an der Hand haltend, dem uniformierten Polizisten folgte, der sie fahren würde. Etwa auf halbem Weg kam ihnen Goselüschen entgegen. Er schaute an ihnen vorbei und erblickte seine Partnerin, die im Türrahmen neben Fatma stand.

»Was ist los, Kaffeekränzchen oder was?«

»Moin, Gose«, sagte Fatma kurz und schritt davon.

»Na, ausgeschlafen?«, begrüßte ihn Maria. »Zumindest siehst du wieder halbwegs stadtfein aus.«

»Mir geht es blendend. Wolltest du mich nicht abholen?«

»Schon, aber ich hatte eine Zeugin im Auto und die wollte ich nicht mit der Aufsammlung einer Schnapsdrossel schockieren.« Goselüschen verengte die Augen zu Schlitzen.

»Is´ klar, Blondie. Die da?« Er zeigte nach hinten, wo man Frau Möhlenkamp und ihren Sohn gerade noch um die Ecke gehen sehen konnte. Maria nickte.

»Ja, genau. Komm, ich geb dir eine Zusammenfassung.«

»Geh schon vor, ich muss noch zur Toilette.«

Einige Minuten später saßen sie im Büro Sebastians, dem IT-Spezialisten der Dienststelle, und Maria hatte die beiden auf den aktuellen Stand gebracht.

»Der Vater des Jungen scheint demnach nicht in Frage zu kommen«, mutmaßte Sebastian, nachdem er dessen Facebookprofil aufgerufen hatte und sie keine Ähnlichkeit mit dem Mann auf dem Phantombild feststellen konnten.

»Was das Fahndungsfoto angeht nicht«, bestätigte Goselüschen. »Nur können wir nicht mit Sicherheit sagen, dass das überhaupt unser Mann ist.«

»Richtig. Aber es ist im Moment die einzige Spur.« Maria massierte sich die Stirn. »Und ihr wisst, dass die Zeit gegen uns arbeitet.«

»Wenn sie nicht innerhalb der ersten 24 Stunden gefunden werden, sinkt die statistische Überlebenschance entführter Kinder gen Null«, zitierte Sebastian wie aus dem Lehrbuch.

»Korrekt, Basti, drei Klugscheißerpunkte für dich.«

»Danke, Gose.«

»Gern.«

»Ganz genau, Basti, damit bleiben uns noch fünf Stunden.« Sie warf einen weiteren Blick auf das Facebookprofil von Julians Vater. »Wir sollten versuchen, ihn ausfindig zu machen.«

»Bin schon dabei, aber er hat sein Handy nicht eingeschaltet, ich habe keine Chance, ihn zu orten.«

»Die Chance wird sicher in der nächsten Zeit nicht größer«, sagte Goselüschen und zeigte an Maria vorbei auf den Bildschirm. »Hier, sein letzter Beitrag, sonnige Grüße von Teneriffa.«

»Verdammt«, entfuhr es Sebastian, »warum ist mir das entgangen? Hm, gepostet vor einem Tag. Vielleicht hat er die Gesetzesänderung nicht mitbekommen und befürchtet, wegen des spanischen Netzes hohe Roaminggebühren zahlen zu müssen. Und lässt deswegen sein Handy meist aus. Dann wäre es kein Wunder, dass ich ihn bisher nicht zu packen bekommen habe.«

»Okay, aber ich denke, das hat jetzt keine Priorität.« Von Spanien aus würde er seinen Sohn sicher nicht verschleppt haben und ihn zu informieren wäre doch eher die Aufgabe von Julians Mutter. »Basti, such bitte alle Pädophilen raus, die im Umkreis von 100 Kilometern gemeldet sind, gleiche sie mit dem Foto ab und schick uns die Liste derer, die übrig bleiben.«

»So gut wie erledigt, Maria.«

Kapitel 3

Goselüschen und Maria zuckten zusammen, als Sebastian ins Büro stürmte. Mit Daumen und Zeigefinger hielt er einen Zettel.

»Wir haben einen Treffer!« Er legte das Blatt Papier auf den Schreibtisch und schlug mit der flachen Hand darauf. »Walter Krawinkel, 42 Jahre, saß 5 Jahre wegen mehrfacher sexueller Nötigung und Belästigung Minderjähriger in Lingen ein. Wurde vor einem halben Jahr unter den üblichen Auflagen entlassen und ist in Emden gemeldet. Ursprünglich stammt er aus Jever.«

»Der ist zwar etwas älter als die Zeugin dachte, aber das ist unser Mann«, stellte Goselüschen fest.

»Sieht dem Phantombild auf jeden Fall sehr ähnlich. Gute Arbeit, Basti.« Maria stand bereits und griff nach ihrer Handtasche.

»Kommst du, Gose, oder soll ich lieber Basti mitnehmen?«

»Was soll das denn jetzt? Natürlich komm ich mit! Denkst du, ich lass dir allein den Spaß mit diesem Perversen? Außerdem weißt du doch, dass Emden mein Revier ist, meine Hood, meine Homebase«, gab sich der aus Emden stammende Goselüschen künstlich echauffiert. Basti, der mittlerweile fest zu ihrem Team gehörte, folgte dem Wortwechsel der beiden wie so oft auch jetzt mit einem Kopfschütteln, während er gleichzeitig grinsen musste. Die waren wirklich durchgeknallt, aber sein Job machte ihm deutlich mehr Freude, seitdem sie vor knapp einem Jahr nach Aurich abkommandiert worden waren.

»Also brauche ich den Kollegen vor Ort nicht Bescheid zu geben?«

»Nein, Basti, wir erledigen das gleich selbst von unterwegs aus«, erwiderte Maria.

***

Sie hatten Emden erreicht und bogen gerade auf die Bahnhofstraße ein, in der sich die Wohnung Walter Krawinkels befand.

»Diese Luft, einfach herrlich«, sagte Goselüschen und hielt seine Nase aus dem heruntergelassenen Seitenfenster. »Hier ist es.« Er streckte den Arm hinaus und wies auf einen in die Jahre gekommenen Wohnblock. Maria folgte seinem Blick und parkte in der Nähe der Eingangstür.

»Ich rieche eigentlich nur Abgase.«

»Dir fehlt einfach der maritime Sensor in deinem Riechkolben.« Maria warf ihm einen finsteren Blick zu.

»Sie ist zwar etwas schief, aber meine Nase funktioniert immer noch tadellos.« Das entsprach nicht ganz der Wahrheit. Seit einem Sportunfall als Jugendliche, der ihrer Nasenscheidewand erheblich zugesetzt hatte, was sich optisch in einer leichten Schiefstellung zeigte, litt sie häufiger unter Problemen mit den Nebenhöhlen. Offensichtlich gelangten Keime nach dieser Verletzung einfacher an ihr Ziel, als es davor der Fall gewesen war.

Der Name Krawinkel stand in ordentlicher Handschrift auf einem der fünfzehn Klingelschilder. Goselüschen drückte auf den Knopf. Als nichts passierte, betätigte er ihn erneut. Doch es folgte nicht, wie erwartet, das Summen eines Türöffners, sondern sie schwang wie von Geisterhand auf. Eine kleine, untersetzte Frau im Rentenalter trat heraus und schaute die Polizisten an.

»Suchen Sie was?« Sie zog einen Trolli hinter sich her, demnach wollte sie verreisen oder einkaufen gehen, schlussfolgerte Maria.

»Moin«, antwortete Goselüschen. »Wir wollen zu Walter Krawinkel. Wissen Sie, ob er zu Hause ist?« Sie musterte ihn und auch Maria.

»Kann ich Ihnen nicht sagen. Worum geht es denn? Sind Sie von den Zeugen Jehovas?« Goselüschen konnte mit Mühe einen Lachanfall unterdrücken. Maria übernahm.

»Wir sind von der Polizei und haben ein paar Fragen an ihn.« Sie zeigte der Frau ihren Dienstausweis. »Wissen Sie nun, ob er daheim ist oder nicht?«

»Polizei? Hat er was angestellt?« Sie hielt sich eine Hand vor den Mund. »Das kann ich mir gar nicht vorstellen, Herr Krawinkel ist so ein netter, zuvorkommender junger Mann. Er hilft mir oft, meine Einkäufe nach oben zu tragen. Es ist auch wirklich unmöglich, dass ich immer zu Fuß in den vierten Stock laufen muss – und ich hab doch so schlimmes Rheuma.«

»Gute Frau«, sagte Goselüschen lächelnd, nachdem er sich wieder gefangen hatte. »Das ist tatsächlich unzumutbar. In welcher Etage wohnt denn Herr Krawinkel?«

»Eine unter mir, im dritten Stock. Aber er ist noch gut zu Fuß und das macht ihm nix aus, mir mit den schweren Taschen zu helfen.«

»Danke für Ihre Hilfe.« Er nickte ihr zu und ging an ihr vorbei in den Hausflur. Auch Maria bedankte sich. Sie ließen die verdutzte Frau stehen und nahmen die Treppe nach oben.

»Aber Sie können doch nicht so einfach –.« Den Rest hörten sie nicht mehr, da die Eingangstür ins Schloss gefallen war und die letzten Worte verschluckte.

Im dritten Stock angekommen fanden sie die Tür Krawinkels sofort. Das Namensschild neben der Zarge war mit derselben Handschrift beschriftet wie das Klingelschild vor dem Hauseingang. Goselüschen läutete und klopfte gleichzeitig laut gegen die graue Kunststofftür. Wie erwartet reagierte niemand.

»Herr Krawinkel, wir sind von der Polizei. Machen Sie auf!«

»Ausgeflogen«, sagte Maria und stöhnte. Goselüschen griff in seine Hosentasche und holte seine Kreditkarte heraus, während Maria telefonisch einen Durchsuchungsbeschluss anfragte. »Du kannst«, sagte sie, nachdem sie das Gespräch beendet hatte.

Innerhalb weniger Sekunden hatte er es geschafft. Er schob die Tür auf und machte eine ausladende Handbewegung.

»Bitte sehr. Zum Glück war nicht abgeschlossen, sonst hätten wir sie aufbrechen müssen.« Maria stieß einen anerkennenden Pfiff aus.

»Ich wusste gar nicht, dass du dich in diesem Metier so gut auskennst. Und diese Fingerfertigkeit trotz Kater!«

»Pfff, Kater ... Außerdem weißt du vieles von mir nicht«, sagte er mit bedeutungsschwerer Stimme und lachte anschließend. »Aber hierfür reichten ein paar Tutorials auf Youtube.« Sie zogen ihre Dienstwaffen und betraten die Wohnung.

Sich gegenseitig Deckung gebend verschafften sie sich einen Überblick.

»Niemand da«, stellte Maria fest, nachdem sie alle Zimmer überprüft hatten. »Aber er schien es eilig gehabt zu haben.« Sie deutete auf den offenstehenden, leeren Hängeschrank über dem Waschbecken. Nachdem sie den Schlafzimmerschrank schon mehr oder weniger verwaist vorgefunden hatten, lag ihre Vermutung mehr als nahe.

»Ich frag mal die Nachbarn, wann sie ihn das letzte Mal gesehen haben.«

»Okay, ich geb der KT Bescheid und setz ihn zur Fahndung aus.«

***

Es dauerte 30 Minuten, bis die Kollegen der Spurensicherung eintrafen.

»Ihr kennt das Prozedere«, sagte Maria zur Teamleiterin. »Falls ihr etwas findet, gebt es bitte sofort weiter.«

»Klar, Maria, wie immer«, erwiderte diese und folgte ihren beiden Kollegen in die Wohnung, die mit den Gerätekoffern bereits vorgegangen waren. Maria wandte sich zu Goselüschen, der an der Treppe auf sie wartete.

»Also ist Krawinkel heute Morgen gegen 10 Uhr das letzte Mal gesehen worden?«

»Jo, das sagt zumindest der Nachbar aus dem zweiten Stock. Die anderen, die ich an die Tür gekriegt habe, haben ihn heute noch nicht gesehen.«

»So richtig geplant sah das in seiner Wohnung nicht aus, eher, als ob er Hals über Kopf abgehauen wäre.« Sie traten auf die Straße und gingen zum Auto. Die Sonne stand schon etwas tiefer, brachte die Luft aber immer noch zum Wabern. Maria schaute zu Goselüschen, der sich mit einem Taschentuch den Schweiß von der Stirn wischte. »Mich nervt die Hitze auch.«

»Dieses Wetter ist nichts für einen Nordmann wie mich.«

»Ah, ja, Peter, der Wikinger.« Sie lachte laut auf, bevor sie die Fahrertür aufzog.

»Was gibt es da zu lachen? Willst du etwa behaupten, dass ich nicht als ein solcher durchgehen würde?«

»Doch, klar«, entgegnete sie hastig, »schließlich bist du groß, blond und blauäugig und, wie du gestern bewiesen hast, äußerst trinkfest. Das sind vier von vier.« Sie zwinkerte ihm zu. Goselüschen sah sie über das Autodach hinweg an und schüttelte bedächtig den Kopf.

»Es bereitet dir Vergnügen, in meinen Wunden zu stochern, richtig?« Maria holte tief Luft und atmete geräuschvoll aus.

»Ja!« Sie stiegen ein und Maria warf einen Blick über die Schulter, um den richtigen Moment abzupassen, sich in den fließenden Verkehr einzufädeln.

»Falls Krawinkel unser Mann ist«, begann Goselüschen, »warum haut er dann so überhastet ab? Ich meine, wenn ich plane, ein Kind zu entführen, überlege ich mir doch eine Strategie.«

»Vielleicht war die Entführung auch nur eine Kurzschlussreaktion. Er sitzt jahrelang im Knast, wo sein perverser Hang zu kleinen Jungs zweitrangig ist, er in erster Linie aufpassen muss, nicht von anderen Gefangenen zusammengeschlagen zu werden. Wir wissen ja, welches Standing Kinderschänder im Knast haben. Und dann verschlägt es ihn auf einen Spielplatz, wo ein Haufen verführerischer Kinder herumtollt.« Maria wartete, bis Goselüschen den Schluck Wasser heruntergeschluckt hatte, den er gerade geräuschvoll gurgelte, bevor sie weitersprach. »Möglicherweise wollte er sich selbst nur testen, ob er widerstehen kann, wurde aber vom Drang überwältigt und schnappte sich mit Julian den, der sich mutmaßlich am wenigsten wehren würde. Und nachdem er eine Nacht drüber geschlafen hat, bekommt er Panik und haut ab.«

»In diesem Szenario besteht wenig Aussicht darauf, den Jungen lebendig zu finden.«

»Sehr wenig. Aber solange wir keine Leiche haben, gehe ich davon aus, dass er lebt.« Maria starrte aus der Windschutzscheibe auf den vor ihnen fahrenden Van.

»Ja.« Goselüschen ließ seine Fingerknöchel knacken. »Ich hasse diese pädophilen Dreckschweine. Manchmal wünschte ich mir, dass –.« Er sprach seinen Satz nicht zu Ende. Doch das musste er auch nicht, denn Maria konnte sich denken, was er sagen wollte. Dass es eine Organisation gäbe, die mit überführten Kinderschändern und Vergewaltigern kurzen Prozess machte. So wie die, mit der sie vor einigen Jahren zu tun hatte, in welcher der ehemalige Staatsanwalt und ihr kurzzeitiger Freund Kurt Stohmann eine tragende Rolle spielte.

Wie andere Mitglieder der Organisation, die der Ermordung mehrerer Sexualstraftäter schuldig gesprochen worden waren, verbüßte auch er eine langjährige Haftstrafe. Alles nur, weil die Organisation sich selbst um diejenigen gekümmert hatte, die ihrer Meinung nach vom Justizsystem nicht ausreichend bestraft worden waren. Doch genau wie Maria wusste natürlich auch Goselüschen, dass dabei Unschuldige zu Schaden gekommen waren und sie mit ihrem Diensteid auf die Verfassung streng genommen nicht einmal über Selbstjustiz nachdenken dürften.

»Mh.« Mehr sagte sie nicht dazu und die nächsten Minuten verbrachten sie schweigend nebeneinander.

***

Hannes verstand nicht, was gerade mit ihm geschah. Er wollte zu seiner Mama. Wo war sie nur? Oder war das alles ein Spiel? Wenn es ein Spiel war, fand er es blöd, denn es machte ihm große Angst.

Jemand hatte ihn aus der Lokomotive gezogen und ihn an sich gedrückt. Er wollte schreien, doch das ging nicht. Er wurde mit dem Gesicht fest an etwas Weiches gedrückt. Hannes konnte nichts sehen und nur die Musik aus den Fahrgeschäften und das Stöhnen desjenigen hören, der mit ihm auf dem Arm schnell durch die Menschenmenge lief. Er versuchte, mit den Füßen zu strampeln, mit seinen Händen zu schlagen, sich einfach zu befreien, doch er hatte nicht genug Kraft.

Er weinte.

»Wo ist meine Mama?«, presste er aus seinem Mund. Der Stoff davor saugte seine Frage auf, sodass er selbst nicht einmal verstehen konnte, was er fragte.

»Sch ...«, hörte er nur und die Arme umschlossen ihn noch etwas fester. Ein weiteres Mal wehrte er sich mit Leibeskräften, aber er konnte sich immer noch kaum bewegen. Hannes schloss die Augen und stellte sich vor, dass Papa nur einen Spaß mit ihm machte. Gleich würde er ihn in die Luft werfen und lachend wieder auffangen, wie er es schon oft getan hatte. Hannes liebte es und er wusste, dass Papa ihn niemals fallen lassen würde.

Sie stoppten, das spürte Hannes deutlich, und er hörte kaum noch Musik und keine Stimmen mehr. Er wurde abgesetzt und bevor er sehen konnte, wer ihn weggeschleppt hatte, wurde ihm ein Stoff um die Augen gebunden, der sich anfühlte wie der Schal, den Mama ihn und seinen Freunden umband, wenn sie auf seinem Geburtstag Blinde Kuh spielten. Dann wurde er wieder hochgehoben, in einen Kindersitz gesetzt und angeschnallt.

»Pst. Lass den Schal drum und sei ganz still«, flüsterte ihm eine Stimme ins Ohr, die sich gruselig anhörte. »Dann wird dir auch nichts passieren.« Hannes spürte, wie es warm und nass in seinem Schritt wurde. Er sagte kein Wort und bewegte sich nicht. Auch nicht, als der Motor startete und der Wagen anfuhr. Papa würde ihn bestimmt gleich holen und sie würden nach Hause fahren. Er würde auch nicht um eine weitere Runde auf dem Karussell betteln.

***

In ihrer Dienststelle angekommen schauten Maria und Goselüschen bei Sebastian vorbei.

»Kein Glück gehabt?« Die beiden verneinten. »Ich dafür etwas mehr. Frau Möhlenkamp hat ihn identifiziert. Die Kollegin aus Esens, Katja soundso –.«

»Detersen, Katja Detersen. Ist übrigens 'ne Schnitte, solltest du dir mal anschauen, Basti.«

»Du sollst den armen Jungen nicht verkuppeln, sondern einen Fall lösen.«

»Genau«, bestätigte Sebastian, »jedenfalls hat sie ihr das Foto gezeigt, das ich ihr geschickt hatte. Sie meint, Frau Möhlenkamp hätte keinen Zweifel. Das wäre der Mann, den sie auf dem Spielplatz gesehen hat.« Er blickte an Maria hoch. »Meinst du wirklich, sie wäre was für mich? Eine schöne Stimme hat sie ja.«

»Was haben wir sonst noch über ihn?«, wollte Goselüschen wissen, während Maria Sebastian in die Wange kniff.

»Finde es heraus. Aber Gose hat recht, wir haben im Moment Wichtigeres zu klären. Die Zeit arbeitet gegen uns.«

»Also«, begann Sebastian, »Krawinkel wurde damals verurteilt, weil er gegenüber einem Jungen aus dem Handballteam, das er betreut hat, aufdringlich geworden ist. Der hat es unter Tränen seinen Eltern erzählt, worauf sich zwei weitere Jungs ihren Eltern anvertraut haben.« Er tippte auf seiner Tastatur. »Das war in Jever, wo er damals gelebt hat. Seit er wieder draußen ist, arbeitet er im Lager einer großen Spedition in Emden. Dort ist er heute nicht zur Arbeit erschienen, habe ich vorhin telefonisch herausbekommen.«

»Was für einen Wagen fährt er?«

»Warte, Gose. Ah, hier: Auf ihn ist ein VW Sharan, Baujahr 2005, zugelassen mit Emder Kennzeichen. Geb ich sofort weiter an die Kollegen.« Wieder flogen seine Finger über die Tastatur. »Erledigt.«

»Ein solches Fahrzeug eignet sich natürlich gut, um ein Kind zu verschleppen. Bei so einer Familienkutsche würde sich niemand wundern, wenn hinten ein schreiendes Kind sitzt und Papa vom Steuer aus auf es einredet.«

»Aber er wird es nicht die ganze Zeit im Wagen lassen können und in seine Wohnung hat er es mit Sicherheit auch nicht gebracht.«

»Nein«, bestätigte Goselüschen. »Er lebt zwar in einem Wohnbunker, aber vor neugierigen Nachbarn wäre er auch dort nicht sicher gewesen.«

»Also stellt sich die Frage, wohin er Julian gebracht haben könnte? Ich gehe nach wie vor davon aus, dass der Junge noch am Leben ist.«

»Ich guck mal, ob ich was finden kann, und melde mich bei euch.« Sie ließen den IT-Spezialisten allein und gingen in Richtung ihres Büros. Auf dem Korridor begegneten sie ihrem Kollegen Waldner.

»Moin, ihr beiden. Kommt ihr voran?« Maria nickte und lief an ihm vorbei.

»Moin, Kalle«, sagte Goselüschen und blieb vor ihm stehen. »Wir haben einen Hauptverdächtigen, der sich verpisst hat. Aber ich denke, es ist nur eine Frage der Zeit, bis wir ihn geschnappt haben.«

»Das wäre wünschenswert. Aber seid nicht zu voreilig, gerade ist eine Meldung reingekommen: ein weiterer vermisster Junge. Genaueres darüber weiß ich nicht, aber ich dachte mir, das solltet ihr erfahren.« Goselüschen klopfte ihm auf die Schulter.

»Danke, werde mich sofort dranmachen.« Mit eiligen Schritten folgte er Maria und hatte sie erreicht, als sie gerade das Büro betrat. »Hör zu, Kalle hat mir eben gesagt, dass noch ein Junge vermisst wird.« Maria riss die Augen auf.

»Was? Das kann doch nicht wahr sein. Wo ist es diesmal passiert?« Goselüschen zuckte mit den Schultern und griff zum Telefon.

»Wusste er nicht.« Er wählte und nach einem Moment meldete sich Sebastian am anderen Ende. »Basti, guck bitte sofort nach, was es mit der neuesten Vermisstenmeldung auf sich hat. Muss frisch reingekommen sein. Und dann schau bitte, wie viele vergleichbare Fälle es in den letzten sechs Monaten hier in Norddeutschland gegeben hat.« Er trommelte mit den Fingern auf der Schreibtischplatte, während Maria ihn gebannt beobachtete. »Ja, bitte asap.«

»Asap?«, fragte Maria, nachdem ihr Kollege den Hörer zurückgelegt hatte.

»As soon as possible – wir sind international, weißt du doch«, erklärte er schulterzuckend.

»Ah ja, okay«, sagte sie und runzelte die Stirn.

***

Eine Stunde später saßen ihnen die verzweifelten Eltern des 4-jährigen Hannes in der Polizeidienststelle Wittmund gegenüber.

»Jetzt erzählen Sie uns bitte nochmal alles der Reihe nach«, forderte Maria die beiden auf, nachdem sie sich ihnen vorgestellt und zuvor mit den Wittmunder Kollegen ihr Vorgehen besprochen hatten.

»Wir haben uns nur etwas zu essen geholt«, flüsterte Nathalie Berger, »während Hannes auf dem Kinderkarussell fuhr.« Sie schluchzte auf und krallte sich im Unterarm ihres Mannes fest.

»Ich habe gleich gesagt, dass es reicht, wenn einer das Essen holt«, fügte er hinzu und Maria bemerkte, wie er sich dem Griff seiner Frau entzog.

Die Familie besuchte das Wittmunder Sommerfest, als sie ihren Sprössling nur für einen Moment aus den Augen gelassen hatten. Nachdem sie zurückgekehrt waren und die Lokomotive auf dem Karussell unbesetzt vorfanden, dachten sie erst, Hannes hätte sich ein anderes Gefährt gesucht, doch nach zwei weiteren Runden des Karussells waren sie sicher, dass er auf keinem saß. Eine Viertelstunde lang hatten sie ihn auf dem Marktplatz erfolglos gesucht und daraufhin die Polizei verständigt.

Die Vorgehensweise ähnelte verblüffend der von der Entführung Julians am gestrigen Tag und nachdem Maria und Goselüschen ein Foto des seit heute vermissten Jungen gesehen hatten – er hätte optisch Julians Bruder sein können – erhärtete sich bei den Ermittlern der Verdacht, dass es einen Zusammenhang zwischen den beiden Fällen geben könnte.

»Es hilft niemandem, wenn Sie sich jetzt gegenseitig Vorwürfe machen«, versuchte Maria, die Lage zu beruhigen. »Im Gegenteil: Versuchen Sie, sich zu konzentrieren und uns alles zu erzählen, was Ihnen aufgefallen ist.« Ingo Berger räusperte sich.

»Mir ist nichts aufgefallen, außer, dass es rappelvoll war und alle dicht an dicht standen.« Klar, dachte Maria, je voller desto besser, um unbemerkt mit dem Jungen auf dem Arm zu verschwinden. Die Art und Weise war an Dreistigkeit kaum zu überbieten. Sie zog das Foto Krawinkels hervor und zeigte es den Eltern.

»Haben Sie eventuell diesen Mann bemerkt? Ihn in der Nähe des Karussells gesehen?« Die Bergers beugten sich vor und schauten auf das Foto. Fast gleichzeitig schüttelten sie den Kopf.

»Nein«, sagte Nathalie Berger und ihr Mann schloss sich an.

»Das heißt aber nicht, dass er nicht da war«, fügte er hinzu. »Aber es standen einfach zu viele Menschen dort herum, um sich an jeden erinnern zu können. Warum fragen Sie? Wer ist das?«

»Gestern wurde in Bensersiel ein Junge auf die gleiche Weise entführt, wie es bei Ihrem Hannes anscheinend passiert ist. Und dieser Mann ist unser Hauptverdächtiger«, klärte Goselüschen auf. »Wir fahnden bereits mit Hochdruck nach ihm.«

»Was will der? Ist das so ein Pädophiler?« Die Stimme Nathalie Bergers zitterte.

»Er ist wegen sexueller Belästigung Minderjähriger vorbestraft, ja, aber er gilt nicht als extrem gewaltbereit.«

»Was meinen Sie damit?«, schrie der Vater fast. »Ist sexuelle Belästigung und Entführung keine Gewalt?«

»Ich habe mich etwas unglücklich ausgedrückt, entschuldigen Sie. Was ich damit meine, ist, dass er seine bisherigen Opfer nicht geschlagen oder gar getötet hat.« Sie hob beide Hände. »Damit will ich natürlich die

Situation nicht beschönigen.« Ingo Berger schnaufte und verschränkte die Arme vor der Brust.

»Dann sehen Sie zu, dass Sie ihn finden.«

»Herr Berger«, sagte Goselüschen, »Sie können sich darauf verlassen, dass wir alles Menschenmögliche unternehmen werden, die beiden Jungs so schnell wie möglich zu finden.«

***

Das Treiben auf dem Sommerfest schien gänzlich unbeeindruckt von dem Vorfall, der sich hier vor wenigen Stunden ereignet hatte. Goselüschen nutzte die Gelegenheit, sich ein Fischbrötchen zu holen, das er im Gehen hinunterschlang.

»Ja, ja, nach dem Saufen braucht es was Deftiges, nicht wahr?«

»Salz, mein Körper schreit nach Salz – da kann ich nichts machen«, erklärte er zwischen zwei Bissen. »Aber glaubst du wirklich, was du den Bergers eben erzählt hast?«

»Was meinst du genau, Gose?« Sie befanden sich zwischen etlichen Menschen vor dem Kinderkarussell und Maria schaute in alle Richtungen.

»Ich meine seine vermeintlich fehlende Gewaltbereitschaft. Wenn wir davon ausgehen, dass er innerhalb von 24 Stunden zwei Kinder entführt hat, fühlt sich das für mich eher nach Eskalation an. Ich befürchte das Schlimmste und würde mich nicht wundern, wenn wir bald die Leiche des kleinen Julian finden und morgen die nächste Entführung gemeldet bekommen würden.« Er folgte ihren Blicken. »Suchst du was?«

»Gesucht und gefunden.« Sie zeigte auf ein Bankgebäude, das schräg gegenüber von ihnen neben einem Hotel in die Höhe ragte. »Komm mit.« Auf dem Weg dorthin ging sie auf seine ursprüngliche Frage ein. »Ich hoffe es, aber natürlich sehe ich die Dinge, wie sie sind, und demnach könntest du absolut richtig liegen. Aber hätte ich das den Eltern so sagen sollen?« Goselüschen zuckte neben ihr hertrottend mit den Schultern.

»Ah, die Kamera meinst du«, sagte er, als auch er das Gerät entdeckt hatte, das genau auf das Kinderkarussell ausgerichtet war.

Wenig später, nach gutem Zureden und dem Vorzeigen ihrer Dienstausweise, gewährte der Filialleiter des Geldinstituts ihnen den Zugang zu den Aufzeichnungen.

Mehrere nebeneinanderstehende Monitore, die in der Splitscreentechnik jeweils das Bild von vier Kameras zeigten, versetzten die Kommissare in Erstaunen. Ich dachte immer, dass Sebastians Ausstattung an elektronischen Geräten filmreif wäre, aber die hier stellt sie locker in den Schatten, ging Maria durch den Kopf.

»Sie haben hier ja den absoluten Überblick«, zollte Goselüschen der Mitarbeiterin Respekt, die ihnen zur Hand gehen sollte.

»Hier liegt nicht selten eine Menge Geld herum, da wird nicht an der Überwachung gespart«, sagte die etwas füllige Frau um die fünfzig. Maria überflog die Bilder und zeigte auf den zweiten Monitor von links.

»Da, das oben rechts.« Dort konnten sie eine Hälfte des betreffenden Kinderkarussells und einen Teil des weiteren Marktgeschehens davor überblicken. »Wir müssten die Aufzeichnungen dieser Kamera von 15 Uhr an sehen.«

»Kein Problem.« Die Frau schaute über den Rand ihrer Brille, die vorn auf ihrer Nase saß und drohte, jeden Moment herunterzurutschen. Sie scrollte auf dem zentralen Monitor zur Gesamtübersicht, klickte Kamera 9 an und gab die von Maria gewünschte Zeit in einer Zeile darunter ein. »Soll ich es in normalem Tempo laufen lassen?«

»Nein, Sie können es ruhig schneller abspielen.« Sie folgten dem Treiben im Zeitraffer.

»Da wird einem ja schwindelig«, sagte Goselüschen und zog die Augenbrauen hoch. Zum wiederholten Male heute verfluchte er seinen Bruder. »Stopp, bitte anhalten und eine Minute zurück.«

»Ah, dort sind die drei Bergers«, sah jetzt auch Maria. Die Aufzeichnung zeigte, wie sich die Familie dem Fahrgeschäft näherte und der Vater den Jungen auf die Lokomotive setzte, während die Mutter kurz aus dem Bild verschwand, gleich wieder zurückkehrte und Hannes etwas reichte. »Das ist sicher der Fahrchip. Jetzt bitte in einfacher Geschwindigkeit weiter.«

Sie beobachteten die Eltern, die, umrahmt von tatsächlich vielen anderen Leuten, Händchen haltend ihrem Sohn bei seinen Runden zusahen. Dann stoppte das Karussell. Frau Berger ging zu ihrem Sohn und reichte ihm offensichtlich den nächsten Chip. Sie sagte noch etwas zu ihm und als sich die Lokomotive mit Hannes wieder in Bewegung setzte, winkten sie ihm, wandten sich ab und verschwanden auf der linken Seite aus dem Sichtfeld der Kamera. Die Augen der Kommissare folgten Runde für Runde den Umdrehungen und jedes Mal tauchte Hannes im Blickfeld der Kamera auf, wenn er auf seiner Lok durch das Bild fuhr.

»Jetzt wird es langsamer, wahrscheinlich ist die Fahrt zu Ende.« Maria kniff die Augen zusammen. Das Karussell lief allmählich aus und die Lokomotive stoppte fast genau dort, wo Hannes' Eltern ihn draufgesetzt hatten. Doch jetzt war sie leer. »Verdammt!«, entfuhr es ihr.

»Der Kidnapper hat den toten Winkel ausgenutzt.« Goselüschen richtete das Wort an ihre Technikerin. »Haben Sie eine Kamera, die den Bereich rechts davon erfasst?«

»Tut mir leid, damit kann ich nicht dienen.« Goselüschen seufzte.

»Ätzend! Das wäre ja auch zu einfach gewesen.«

»Vielen Dank für Ihre Hilfe.« Maria wandte sich zu Goselüschen. »Lass uns gehen.«

***

Aus dem Wagen heraus wählte Goselüschen die Nummer Sebastians.

»Hey, was gibt's?«, hörte er die Stimme des jungen Kollegen.

»Warte, ich stell dich auf laut.«

»Okay«, sagte er und nun hörte ihn auch Maria, die mit ihren Fingern fest das Lenkrad umschloss. Das war wegen der Hitze und dem damit verbundenen

Schweißfilm auf ihren Handflächen nötig, wäre ihr doch vorhin um ein Haar das Steuer entglitten.

»Gibt es Neuigkeiten seitens der Fahndung?«, wollte sie wissen.

»Leider nein, obwohl alle Dienststellen Ostfrieslands und der angrenzenden Regionen informiert und instruiert sind. Auch die Ringfahndung um Wittmund herum ist bis jetzt erfolglos.«

»In der Zeit könnte er auch schon in Holland sein«, sagte Goselüschen mürrisch. »Gibt es Hinweise auf Facebook und Instagram?«

»Nein«, hörten sie Sebastian sagen. »Zwar wieder etliche Kommentare – einige davon natürlich an unsere Adresse gerichtet – inkompetent und überfordert sind noch die nettesten Komplimente – der große Teil jedoch wünscht baldigen Erfolg bei der Ergreifung.«

»Basti, könntest du die Bergers und Frau Grundmann auf die Dienststelle bitten? Falls die Grundmann immer noch nicht mobil ist, schick ihr jemanden, der sie abholt.«

»Wird erledigt. Was soll ich ihnen als Grund nennen?« Auch Goselüschen blickte fragend zu seiner Kollegin, deren Fingerknöchel weiß hervortraten.

»Sag ihnen einfach, dass es wichtig ist.« Kurz darauf fiel ihr ein, dass es ja die Zeugin, diese Frau Möhlenkamp war, die keinen Wagen zur Verfügung hatte und nicht Ellen Grundmann. Egal, dachte sie, Basti würde das schon regeln.

Kapitel 4

Das Adjektiv bedrückend beschrieb nicht annähernd die Stimmung im Besprechungsraum der Auricher Dienststelle.

Die Bergers saßen dicht nebeneinander, was Maria etwas beruhigte. Sie schienen sich nicht weiter voneinander entfernt zu haben. Daneben blieben zwei Stühle frei, auf dem nächsten kauerte mit herunterhängenden Schultern Ellen Grundmann. Sie wirkte deutlich mitgenommener als die Eltern von Hannes. Klar, dachte Maria, sie litt bereits einen Tag länger und hatte niemanden, bei dem sie Halt fand, was sich bei den Bergers mittlerweile eingependelt zu haben schien.

»Guten Abend, gut, dass Sie es einrichten konnten«, begrüßte sie die drei, nachdem sie, von Sebastian und Goselüschen gefolgt, den Raum betreten und sich ihnen gegenüber gesetzt hatte.

»Gibt es Neuigkeiten?«, fragte Ingo Berger ungeduldig. »Haben Sie das Schwein?«

»Leider nein«, erwiderte Maria, worauf Nathalie Berger aufschluchzte. »Wir haben Sie hergebeten, weil wir beabsichtigen, an die Öffentlichkeit zu gehen.«

»Gott sei dank«, flüsterte Hannes´ Mutter. »Ich dachte schon, Sie hätten seine Leiche gefunden.«

»Was meinen Sie damit? Auf Facebook haben wir schon einen Post eingestellt und von der Polizei gibt es dort doch auch einen«, ging ihr Mann dazwischen, bevor Maria etwas darauf entgegnen konnte.

»Richtig, Herr Berger, Facebook und Instagram sind mittlerweile Standard bei solchen Fällen. Nein, ich meine damit, einen Aufruf im TV zu starten. Sowohl der NDR als auch einige private Sender, vor allem die mit regionalem Programm, sind dabei sehr entgegenkommend.« Frau Berger schluchzte weiterhin und sagte mit kaum verständlicher Stimme:

»Ich kann sowas nicht.«

»Keine Sorge, Sie müssen nichts tun, was Ihnen widerstrebt. Wir stellen uns das so vor, dass einer von uns den Appell an die Menschen und den Entführer richtet und Sie als Betroffene mit im Bild sind.«

»Was versprechen Sie sich davon? Dass der Entführer sich freiwillig stellt?«

»Das, Herr Berger, wäre natürlich ein Sechser im Lotto«, erklärte Goselüschen. »Doch gehen unsere realistischen Hoffnungen eher in die Richtung, dass dadurch zum einen deutlich mehr Menschen die Augen nach ihm offenhalten und er zum anderen nervös wird und Fehler macht, falls er die Meldung sieht.«

»Realistische Hoffnungen, ich verstehe.« Er lachte hysterisch auf. »Und ansonsten tun Sie nichts?«

»Herr Berger, wie Ihnen mein Kollege vorhin bereits erklärte, sind wir mit Hochdruck am Fahnden. Jeder einzelne Streifenwagen von der niederländischen bis zur polnischen Grenze hat ein Foto Ihrer Söhne und eines des Gesuchten quasi auf dem Armaturenbrett liegen. Zwei Helikopter sind im Dauereinsatz und unsere Hundestaffeln machen nur Pause, wenn die Tiere eine benötigen. Glauben Sie mir, wir geben unser Bestes.« Der Angesprochene wirkte, als wollte er sich noch weiter Luft machen, bis er sich wohl eines Besseren besann.

»Dann lassen Sie uns das tun«, sagte er entschlossen. Seine Frau nickte zögerlich.

»Sind Sie ebenfalls einverstanden, Frau Grundmann?« Die Angesprochene reagierte nicht. Erst ein erneutes Nachfragen entlockte ihr ein leises:

»Ja.«

»Das ist eine gute Entscheidung«, sagte Maria. Wir werden es sofort weitergeben und ich denke, in einer Stunde etwa sollte die Aufnahme starten.

»Kann ich mich irgendwo etwas zurechtmachen?«, wollte Nathalie Berger wissen. »Ich meine, wir sind dann schließlich im Fernsehen.« Maria hob kurz die Hand, um Goselüschen auszubremsen. Sie hatte gespürt, dass er gerade dazu ansetzen wollte, die Mutter von Hannes für ihre Eitelkeit anzuranzen. So blieb es bei einem Luftschnappen.

»Frau Berger, ich verstehe Sie, doch geht es darum, in der Bevölkerung und beim Täter die größtmögliche Emotion zu erzeugen, und das erreichen wir dann, wenn Sie als betroffene Eltern so verzweifelt rüberkommen, wie Sie sind. Eine Verkleidung oder ein Verstellen wäre genau das Falsche. Denken Sie nur an Ihre Söhne, nicht an das, was die Nachbarn von Ihnen halten oder über Sie sagen.«

»Gut«, fügte sie sich kleinlaut.

Kapitel 5

Um 20 Uhr erschien der Beitrag auf diversen TV-Kanälen. Die jeweilige Moderatorin leitete ihn mit der Information ein, dass die unten im Bild erscheinende Hotline der Polizei kostenfrei und 24 Stunden täglich für sachdienliche Hinweise erreichbar wäre.

Maria verfolgte zusammen mit Sebastian und Goselüschen die Sendung. Sie hatten sich darauf geeinigt, dass sie die Ansprache halten sollte, und ihre Chefin Marion Dünemann gab ihnen dafür grünes Licht. Zwar verfügte die Dienststelle über eine Pressesprecherin, doch das Argument, dass Maria besser in die Materie eingearbeitet wäre, zog schließlich.

»Pst, Ruhe jetzt, es geht los!«

»Ist ja gut, Gose, entspann dich.« Maria lächelte. Konnte es sein, dass ihr Partner aufgeregter war als sie selbst?

Die Sprecherin leitete auf den Beitrag über und im nächsten Moment erschien Maria auf dem Bildschirm, gerahmt von den Eltern der vermissten Kinder. Mehrere vor ihr platzierte Mikrofone verdeckten den größten Teil ihres Oberkörpers, ihr Gesicht jedoch war komplett zu sehen. Die Bergers und Ellen Grundmann hielten sich an das besprochene Prozedere und wirkten ängstlich und verzweifelt.

»Man spürt die Eltern durch das Gerät leiden«, sagte Sebastian.

»Absolut authentisch, so soll es sein«, bestätigte das neue Fernsehsternchen.

»Du siehst gut aus«, bewertete Goselüschen und Sebastian fügte hinzu:

»Aber hallo, schon mal an eine Karriere als TV-Kommissarin gedacht? Beim Tatort gehen doch demnächst ein paar in Pension.«

»Leute, reißt euch zusammen, das hier ist kein Spiel.« Sie bemühte sich, ein Lächeln zu unterdrücken, denn insgeheim gefiel es ihr selbst, sich dort zu sehen. Aber gegen etwas Eitelkeit war wohl kaum jemand gefeit.

Die Maria im TV-Gerät begann zu sprechen:

»Sehr geehrte Damen und Herren, liebe Mitmenschen in Norddeutschland. Wir, die Kriminalpolizei und die hier anwesenden Eltern der verschwunden Jungen Julian Grundmann und Hannes Berger«, sie blickte zu den jeweiligen Eltern beim Nennen des Namens, »bitten Sie um Ihre Mithilfe. Seit über 24 Stunden wird Julian und seit heute auch Hannes vermisst.« Auf dem Bildschirm erschienen nacheinander groß die Fotos der Jungen, um daraufhin kleiner in der linken und rechten oberen Ecke positioniert zu werden, sodass sie direkt oberhalb ihrer Eltern zu sehen waren. »Wir gehen zweifelsfrei von einer vorsätzlichen Entführung aus.«

Es folgte eine kurze Zusammenfassung der Entführungsorte und der jeweiligen Umstände und Maria erläuterte, welche Kleidung die Jungen zum Zeitpunkt ihres Verschwindens trugen. Zusätzlich erklärte sie, dass es sich bei Hannes um ein lebhaftes und bei Julian um ein autistisches, eher ruhiges Kind handeln würde. Als sie mit der Beschreibung der Vermissten fertig war, erschien groß das Foto Walter Krawinkels und schob sich dann an den oberen Bildrand zwischen die der

Jungen. »Dieser Mann, Walter K., wurde am ersten Tatort erkannt und gilt als Hauptverdächtiger. Wenn Sie ihn gesehen haben, zögern Sie nicht, die unten angegebene Hotline oder die 110 zu wählen. Unternehmen Sie auf keinen Fall den Versuch, ihn zu überwältigen. Wir können nicht ausschließen, dass er bewaffnet und gewaltbereit ist.« Die Maria im TV räusperte sich, legte die Notizzettel, von denen sie bis eben teilweise abgelesen hatte, auf das Sprechpult vor sich und sah direkt in die Kamera. »Die folgenden Worte richten sich an Sie, Walter: Sehen Sie sich das Leid dieser Eltern an. Noch ist es nicht zu spät. Stellen Sie sich! Lassen Sie die Kinder frei und wir werden alles tun, um Ihnen bei Ihrer Krankheit zu helfen. Denken Sie an Ihre eigene Familie, haben Sie der nicht bereits Kummer genug gemacht? Ich bitte Sie, nein, ich flehe Sie an, tun Sie das Richtige und melden Sie sich bei der nächsten Polizeidienststelle.« Abermals wurden die Fotos der Jungs und das Walter Krawinkels groß gezoomt, bevor der Beitrag beendet wurde. Die Moderatorin wiederholte den Appell Marias und fügte hinzu, dass in einer Laufleiste am unteren Bildrand der Aufruf weiterhin gezeigt werden würde.

»Jetzt heißt es: abwarten und hoffen.« Maria lehnte sich vor und schaltete das Gerät aus.

»Jop, die Schlinge zieht sich zu.«

»Sehe ich wie Gose, er kann sich doch nicht in Luft aufgelöst haben. Erst recht nicht, wenn er zwei fremde Kids dabei hat.«

***

Walter Krawinkel zuckte zusammen, als er die Sendung, ein Großporträt von sich selbst, über den Bildschirm flackern sah, der hinter der Theke in der oberen Ecke angebracht war. Instinktiv zog er seine Baseballcap tiefer ins Gesicht und blickte verstohlen zu allen Seiten. Glück gehabt, keiner der beiden anderen Gäste der schummrigen Kneipe interessierte sich für das, was die blonde Polizistin in der Flimmerkiste von sich gab. Genau wie er selbst vor einem Moment noch, starrten sie stoisch auf ihre Biergläser, als würden sie sich dadurch von allein wieder befüllen. Die schlanke, junge Tresenkraft, eine Studentin, vermutete Krawinkel, war so sehr mit dem Putzen der Tresenoberfläche beschäftigt, dass sie ebenfalls keinen Blick auf die Mattscheibe warf. Wobei sie sich das auch hätte sparen können, hatte er vorhin noch gedacht, so versifft und zerkratzt der Tresen war. In diesem Moment war er natürlich heilfroh über ihre vergeblichen Reinigungsversuche.

Er spürte ein Jucken auf seinem Kopf, eine Folge des Schweißes, der plötzlich aus allen Poren schoss. Krawinkel kramte in seiner Hosentasche, bis er die zwei Euromünzen fand. Sie fühlten sich warm an, zu warm, fast, als könnte er sich daran verbrennen. Beiläufig legte er sie neben sein halbleeres Bierglas und wandte sich zum Gehen.

»Stimmt so«, nuschelte er und versuchte, sich möglichst unauffällig zu verhalten. Gemächlichen Schrittes bewegte er sich in Richtung Ausgang.

Gerade hatte er die rettende Tür erreicht, da rief ihm die Bedienung hinterher:

»Hey, Sie, warten Sie mal!« Krawinkels Finger krampften um den Türgriff. Verdammt, durchfuhr es ihn. Was sollte er jetzt machen? Rausrennen in der Hoffnung, dass er verduftet wäre, bevor die Polizei hier auftauchte? Oder die Kellnerin mit Engelszungen davon überzeugen, dass er nicht der gesuchte Mann aus den Nachrichten war? Langsam drehte er sich um und blickte unsicher zu ihr. Auch die beiden anderen Gäste ließen es sich nicht nehmen, ihn anzusehen. Scheinbar schienen sie die Ablenkung dankend anzunehmen, obwohl es nur ein belangloser Wortwechsel zwischen der Bedienung und dem unbekannten Kerl mit der Kappe war.

»Ja?« Bleib ganz ruhig, mahnte er sich erneut. Die Kellnerin lächelte schwach und deutete auf den Barhocker neben dem, auf dem er gerade gesessen hatte.

»Die Tüte da, gehört die Ihnen?«

Was bin ich nur für ein Idiot, dachte er und lachte laut auf, zu laut, aber egal. Er eilte zum Hocker und schnappte die Plastiktüte mit dem blauen Emblem eines großen Discounters darauf.

»Ja, danke, die hätte ich doch glatt vergessen.« Wenige Sekunden später, er war in die nächstbeste Seitenstraße gelaufen, lehnte er mit dem Rücken an einer Hausmauer und atmete tief durch. »Junge, du musst vorsichtiger sein«, sagte er sich und erschrak über seine Stimme, die sich anhörte wie die eines Siebtklässlers, der hinter der Sporthalle beim Rauchen erwischt worden war. In seinem Kopf ratterten die Gedanken wie die Räder eines ICE auf dem Stahl der Schienen.

Er hätte gestern nicht nach Bensersiel fahren, sich auf einen Kinderspielplatz setzen und erst recht nicht den Kleinen beim Spielen zusehen dürfen. Er stand auf der roten Liste. Er war ein überführter Pädophiler, auch wenn er seine komplette Haftzeit abgesessen hatte. Diesen Makel würde er niemals wieder los werden, egal was er tun würde – und wenn er die Menschheit vor einer Invasion feindlicher Außerirdischer bewahren oder ein Heilmittel gegen sämtliche Krebsvarianten entdecken würde – er war und blieb gebrandmarkt.

Zeit, er brauchte Zeit zum Überlegen. Als er heute Morgen den Fahndungsaufruf auf Facebook gelesen hatte, war ihm klar, dass es nur eine Sache von Stunden sein würde, bis sie auf ihn kämen, und nachdem er jetzt in Großaufnahme auf allen TV-Bildschirmen zu sehen war, würde es nicht lange dauern, bis der erste ihn erkannte.

Gleich nachdem er den Facebookpost der Polizei gesehen hatte, war er ins Parkhaus geschlichen und hatte dem erstbesten auf einem Langzeitparkplatz stehenden Van die Kennzeichen abmontiert und sie an seinem Wagen angebracht. Doch ihm war bewusst, dass er nicht lange unbehelligt damit herumfahren können würde. Er brauchte dringend einen anderen Wagen und genauso dringend musste er das Land verlassen.

Doch vorerst musste er wieder zur Hütte. Dort war es sicherer als hier in der Stadt, jedenfalls für den Moment. Krawinkel war bewusst, dass auch das nur eine Frage der Zeit war, bis die Cops darauf kämen. Aber ein paar Stunden blieben ihm, um das zu erledigen, was er noch zu erledigen hatte. Er stieg in seinen VW Sharan und steuerte ihn über Nebenstraßen aus der Stadt hinaus, fuhr weiter, vorbei an Weiden,

Getreidefeldern und Wiesen, bis er schließlich in den schmalen Feldweg einbog, an dessen Ende er nach mehreren hundert Metern sein Ziel erreicht hatte.

Krawinkel stellte den Motor ab und schaute durch die Windschutzscheibe auf das Gebäude vor ihm, von dem lediglich die Umrisse im Zwielicht zu erkennen waren. Kein Licht brannte darin und außer den Wogen des Südwestwindes, der über die reifen Ähren strich, herrschte Ruhe. Er fühlte sich unendlich leer und ausgebrannt. Was war nur aus dem alten Walter geworden, der voller Elan in jeden Tag startete, und ihn lebte, als wäre es sein letzter? Er seufzte und stieg aus.

Kapitel 6

Die Hotline verdiente ihren Namen im wahrsten Sinne des Wortes, denn sie lief heiß. Im Minutentakt meldeten sich Leute, die meinten, Krawinkel vor kurzem gesehen zu haben oder der Polizei einen unglaublich wichtigen Hinweis geben zu können, der zur Ergreifung des Täters führen würde.

»Die meisten Anrufer können wir wie gewohnt getrost vergessen.« Sebastian schüttelte verständnislos den Kopf. »Warum müssen sich manche Leute so wichtig machen, obwohl sie nichts Konkretes beitragen können?«

»So sind die Menschen nun mal«, erwiderte Maria seufzend auf seine Frage. »Doch der Großteil von ihnen denkt bestimmt, sie würden uns tatsächlich damit helfen, auch wenn es im Endeffekt nur unsere Arbeit behindert.«

»Das liegt sicher an den sozialen Netzwerken«, mutmaßte Goselüschen. »Hier ein Like, dort ein Kommentar, noch ein Herzchen an der Stelle und einen Wutsmiley an der nächsten. Dieser kollektive Mitteilungsdrang nimmt doch seit Jahren beständig zu.« Er schritt zur Kaffeemaschine und stellte eine Tasse unter das silberne Röhrchen. Nach dem Knopfdruck nahm sie zischend ihre Arbeit auf und der Raum wurde vom Aroma gerösteter Bohnen erfüllt. »Ich bin froh, dass ich privat mit dem ganzen Scheiß nichts zu tun habe.«

»So sehe ich das nicht«, widersprach der IT-Profi. »Durch diese neuen Medien bieten sich für alle, ob privat oder beruflich, neue Möglichkeiten in Dimensionen, die wir heute noch gar nicht vollständig überblicken können.«

»Meine Rede«, sagte Goselüschen und fühlte sich bestätigt. »Komplette Reizüberflutung und Kannibalisierung physischer Kontakte. Das reale Leben, wie ich es als junger Mensch kannte, wird in zwanzig, dreißig Jahren ausgestorben sein. Dann sitzen alle nur noch in ihrer Bude hinter ihren Geräten und Kommunikation findet ausschließlich digital statt.« Er löffelte den Milchschaum aus der Tasse. »Hoffentlich lieg ich dann schon six feet under.«

»Wohoo, *Orwell* lässt grüßen.« Sebastian lachte kurz auf. »Was kommt als Nächstes? Früher war alles besser, das gute alte Totschlagargument der ewig Gestrigen?« Goselüschen blickte seinen jungen Kollegen milde lächelnd an.

»Ob du es glaubst oder nicht, du Grünschnabel: Wir waren in der Lage, uns ohne technische Hilfsmittel bestens zu beschäftigen. Ich möchte dich sehen, wenn du mal zwei Tage ohne Handy und PC auskommen müsstest.« Er setzte einen herausfordernden Blick auf. »Du würdest spätestens nach 24 Stunden Amok laufen.« Maria folgte dem Gespräch nur mit halbem Ohr, zu sehr beschäftigte sie der Fall.

»So sehr ich es gutheiße, dass ihr beiden euch Gedanken über unser aller Vergangenheit und Zukunft macht, wir haben hier und jetzt im realen Leben zwei Jungs, die wir finden müssen.«

Das Telefon klingelte. Goselüschen griff nach dem Hörer und lauschte konzentriert. Nach einem Moment legte er ihn zurück, erhob sich von seinem Stuhl und wandte sich in Richtung Tür.

»Das war Tanja. Eine Tresenkraft einer Pinte in Wittmund hat gemeldet, dass sie sicher sei, Krawinkel vor kurzem bedient zu haben.«

»Echt jetzt? Der muss ganz schön abgebrüht sein, sich noch in einer Kneipe rumzutreiben, wo er heute schon ein Kind entführt hat.« Sie stand auf, klopfte Sebastian freundschaftlich auf die Schulter und folgte Goselüschen. »Na dann, auf geht´s.«

***

Dicke Rauschschwaden hingen unter der Decke und aus den Lautsprechern hörten sie einen Shantysong. Die Kellnerin des Seemannsgarns – der Name der Kneipe wäre hoffentlich nicht Programm, scherzte Goselüschen – stellte sich als Barbara vor und zeigte auf einen Barhocker vor dem Tresen, der seine beste Zeit hinter sich zu haben schien.

»Dort hat er gesessen und sein Bier getrunken.«

»Und Sie sind sicher, dass es der gesuchte Mann war?« Sie nickte energisch und ihre feste Stimme ließ vermuten, dass sie keine Zweifel daran hatte.

»Ja, Herr Kommissar. Er war sicher fast eine Stunde hier, bevor er plötzlich recht hastig den Laden verlassen hat.« Sie presste die Lippen aufeinander und ihre Nasenflügel zitterten, als sie einen Atemzug hinausstieß. »Bestimmt hat er den Aufruf gesehen.« Sie deutete auf das TV-Gerät hinter ihr. »Er war vielleicht ´ne halbe Stunde weg, als ich Zeit hatte und selbst mal einen Blick auf die Glotze werfen konnte. Als sein

Foto groß eingeblendet wurde, dachte ich, mich trifft der Schlag! Daraufhin hab ich Sie sofort angerufen.«

»Sehr lobenswert, Barbara. Sagen Sie, wissen Sie noch, welche Kleidung er getragen hat?«

»Lassen Sie mich nachdenken.« Sie kniff die Augen zusammen und schaute an Goselüschen vorbei zur Tür. »Er trug auf jeden Fall eine schwarze Baseball-mütze, ich glaube mit dem Red-Bull-Logo drauf. Und ansonsten unauffällige Sachen: Jeans und ein dunkles Shirt.«

»Haben Sie sich mit ihm unterhalten? Hat er irgend-etwas gesagt?«, wollte Maria wissen.

»Nö, er hat sein Bier bestellt, daran genippt und ist dann wie gesagt relativ abrupt aufgestanden und gegangen. Ach, mir fällt noch ein, dass er `ne Plastik-tüte von Aldi dabei hatte. Aber fragen Sie mich nicht, was drin war.«

»Sonst noch irgendetwas, was Ihnen aufgefallen ist? Konnten Sie sehen, in welche Richtung er gegangen ist, als er die Kneipe verlassen hat?«

»Gucken Sie selbst«, entgegnete sie und deutete mit dem Kopf erneut zur Eingangstür. Maria folgte ihrem Blick und wusste, was Barbara meinte. Durch das dicke, stahlverstärkte Glas konnte man kaum etwas erkennen und die Fenster zeigten nicht zur Straßen-seite.

»Okay, danke, Sie haben uns sehr geholfen. Und falls Ihnen doch noch etwas einfällt: Hier ist unsere Nummer.« Goselüschen zückte eine Visitenkarte und reichte sie der jungen Frau. Sie nahm sie schulterzu-ckend entgegen, legte sie hinter die Theke und sah den

Kommissaren hinterher, wie vorhin dem gesuchten Mann.

Draußen verschafften sie sich einen Überblick von der näheren Umgebung. Es waren kaum Menschen unterwegs und im Mehrfamilienhaus gegenüber brannte kein einziges Licht an der Straßenseite. Wo waren die neugierigen Nachbarn nur, wenn man sie brauchte?, fragte sich Maria. Sonst saßen sie doch auch stundenlang an ihren Fenstern und beobachteten Leute.

»Krawinkel kommt aus Jever«, begann Goselüschen, »ist gemeldet in Emden und treibt sein Unwesen jetzt in Bensersiel und Wittmund. Das scheint seine Wohlfühlzone zu sein.«

»Jop, jedenfalls liegen beide Entführungsorte nur einen Katzensprung von Jever, aber ca. `ne Stunde von Emden entfernt. Du meinst, er müsste irgendwo hier in der Nähe untergetaucht sein?«

»Da bin ich sicher.« Er griff zum Handy. »Hey Basti, Gose hier«, sprach er nach einem Moment ins Gerät. »Finde bitte raus, ob Krawinkel oder jemand aus seiner Familie im Umkreis von 50 Kilometern um Wittmund herum ein Haus, `ne Jagdhütte oder eine an `nem Teich oder was auch immer hat, wo man sich verkriechen kann.« Er beendete das Gespräch und schob das Gerät zurück in die Tasche. »Basti meldet sich.«

***

Hannes saß in der Ecke des Zimmers, in das er hineingeschickt worden war. Es sah fast so aus wie seins. Nur hatte er ein Rennwagenbett und das hier war langweilig normal. Auf den Regalen und in den Schränken sah er Spielzeugautos und Bücher mit Zwergen und Tieren drauf. Solche Bücher wie die, die Mama ihm abends immer vorlas, bevor er einschlief. Wo ist Mama?

Anfangs hatte er große Angst gehabt und die wurde noch größer, als er ein Rascheln hinter sich hörte und dachte, eine Schlange würde gleich kommen und ihn auffressen. Doch irgendwann traute er sich, genau hinzuschauen, und entdeckte den Kasten in der Ecke. Vorsichtig ging er dorthin und dann sah er es: Ein Zwergkaninchen hockte auf der ihm gegenüberliegenden Seite hinter einem Stein, der mitten im Käfig lag. Hannes kniete sich davor und beobachtete mehrere Minuten das grauweiße Fellbündel.

»Du musst keine Angst vor mir haben«, flüsterte er und streckte langsam seine Hand nach dem Tier aus. Nachdem es nicht weggelaufen war, sondern seine Streicheleinheiten zitternd hatte über sich ergehen lassen, beruhigte es sich schnell. Hannes nahm es in beide Hände und setzte sich mit dem Kaninchen auf dem Schoß auf den Fußboden des Kinderzimmers.

Draußen hörte er ein Auto ankommen. Der Motor ging aus und kurz darauf wurde eine Autotür zugeschlagen. Hannes´ Hand hielt in der Bewegung inne. Nun zitterte er selbst wie vor wenigen Minuten noch das Tier. Das Kaninchen schien seine Furcht zu spüren. Es bewegte sich ebenfalls nicht, nur das kleine Herz in seiner Brust raste wie eine Nähmaschine.

Hannes hörte Geräusche. Das hört sich an wie Mama, wenn sie mir in der Küche was zu essen macht, dachte er. Wenig später näherten sich Schritte auf dem

Flur. Die Tür zum Zimmer öffnete sich und Hannes hielt die Luft an.

»Komm essen, Max«, sagte die Stimme zu ihm und duldete keinen Widerspruch.

»Ich heiße Hannes«, erwiderte er trotzdem wimmernd.

»Komm jetzt, Max«, bekam er scharf als Antwort. Umständlich erhob er sich und setzte das Kaninchen zurück in den Käfig. Wie in Zeitlupe näherte er sich der Tür und folgte den Geräuschen, bis er die Küche erreicht hatte, in der es nach leckeren Pfannkuchen roch.

»Ich will zu meiner Mama«, jammerte er, doch der Blick, der ihm zugeworfen wurde, brachte ihn sofort zum Schweigen. Und die folgende schallende Ohrfeige sorgte dafür, dass ihm die Tränen über die Wangen liefen und auf seinen Hosenbeinen landeten.

***

Vor wenigen Minuten bekamen sie die Ergebnisse der Spurensicherung mitgeteilt, die Krawinkels Wohnung auseinandergenommen hatte.

»Ernüchternd, aber nicht überraschend«, befand Goselüschen. Sie hatten keinen Anhaltspunkt entdecken können, der darauf schließen ließ, dass sich in jüngster Vergangenheit jemand anderes außer Krawinkel selbst in seiner Wohnung aufgehalten hatte. Zwar wurden diverse DNA-Proben über Haare und Hautschuppen sichergestellt, doch rechneten sie nicht damit, dass auch nur eine von einem der Jungen stammen würde. Die genauen Ergebnisse aus dem Labor in

Hannover wären frühestens in einer Woche zu erwarten. Der Laptop, ein älteres Modell, den sie im Wohnzimmer gefunden hatten, lag bereits bei Sebastian, der ihn auf auffällige Dateien und Browserverläufe checken sollte.

»Jop, wie hätte er auch dort einen Jungen verstecken sollen bei so vielen Hausbewohnern?«

»Kaum möglich, es sei denn, Krawinkel ist wirklich so stumpf oder einfach nur dumm. Doch Letzteres können wir wohl ausschließen. Schließlich wirst du als Volldepp nicht zu einem Ingenieurstudium zugelassen.«

Sie hatten die Dienststelle fast erreicht, da läutete erneut Goselüschens Telefon.

»Ja, Basti?«

»Kommt ihr gleich rein oder soll ich es euch am Telefon zusammenfassen?«, antwortete er über die Lautsprecherfunktion.

»Kommt darauf an, was du herausgefunden hast.«

»Nichts, weswegen ihr sofort wieder losmüsstet.«

»Okay«, sagte Maria. »Wir sind in fünf Minuten bei dir.«

Acht Minuten darauf erreichten sie Bastis Büro. Der schlaksige Mann mit der *Harry-Potter*-Gedächtnisbrille zog gerade ein USB-Kabel aus dem Laptop Krawinkels, als die beiden eintraten und sich auf zwei Stühle fallen ließen.

»Also?« Goselüschen tippte mit dem Zeigefinger auf den mobilen Computer.

»Der Laptop ist clean. Der Verlauf ist unauffällig, soweit ich das beurteilen kann. Es wurde in den letzten Wochen nichts gelöscht, weder Dateien noch der

Browserverlauf mit den besuchten Internetseiten. Im E-Mail-Fach herrscht gähnende Leere. Er hat in den vergangenen Monaten zwar einige Mitglieder seiner Familie angeschrieben, doch außer seinem Bruder hat ihm keiner davon geantwortet. Und wenn man sich den Vierzeiler durchliest, versteht man auch, warum.« Er drückte auf eine Taste, worauf der kurze Text auf seinem Hauptmonitor erschien:

Walter, du hast durch deine Taten auch unser Leben, das von mir, Mutti und Vater und auch deiner Schwester fast zerstört. Daher appellieren wir ein letztes Mal an dich, keinen Kontakt mehr zu uns zu suchen. Du hast Mutti das Herz bereits gebrochen. Paul.

»Ich weiß nicht, wie ihr das seht«, begann Goselüschen, »aber ich kann die Familie verstehen.« Sebastian nickte und Maria las sich den Text ein zweites Mal durch.

»Klar, einerseits schon. Andererseits ist das seine Familie. Da verzeiht man doch eher mal.«

»Bei Kinderschändung hört die Nachsicht auf. Wenn mein Bruder mal `ne Bank überfallen würde, könnte ich eventuell darüber hinwegsehen – also langfristig meine ich natürlich. Aber nicht bei sowas.«

»Ich hab keine Geschwister«, warf Sebastian ein. »Daher kann ich das nicht wirklich beurteilen.«

»Dass du ein Einzelkind bist, hätte ich mir denken können. Aber genug von unseren Familienchroniken«, sagte Goselüschen und schlug mit der flachen Hand auf den Tisch. »Was hast du wegen der Hütten oder Grundstücke herausbekommen?«

»Wie meinst du ... ach, egal.« Sebastian winkte ab und wandte sich zum Monitor, um nach neuen Nachrichten zu schauen. »Da bin ich noch dran. Krawinkels Eltern und seine Geschwister wohnen alle in der näheren Umgebung von Jever. Nach der Mail seines Bruders ist es allerdings eher unwahrscheinlich, dass sie ihm freiwillig Unterschlupf gewähren würden, oder?«

»Das stimmt sicher«, sagte Maria, »aber falls die irgendwo ein Ferienhaus oder 'ne Jagdhütte haben, könnte er ja so einsteigen, ohne es ihnen zu sagen.« Sebastian schaute nachdenklich drein.

»Alles klar, ich bleib dran.«

Kapitel 7

Es klopfte an der Tür.

»Ja, bitte?« Die Tür öffnete sich und das Ehepaar Berger trat ein. Maria erhob sich und ging ihnen entgegen. »Hallo, setzen Sie sich doch.« Sie deutete auf die Stühle vor ihren Schreibtischen. Zögerlich folgten sie der Bitte. Nathalie Berger schaute zu Boden und der Blick ihres Mannes wanderte rastlos durch den Raum. »Was kann ich für Sie tun?«, fragte Maria. Die beiden sahen sich an und Frau Berger nickte ihrem Mann zu. Er griff in die Brusttasche seines Hemdes und zog einen zusammengefalteten Zettel hervor, den er Maria reichte. Etwas stimmte hier ganz gehörig nicht, das spürte sie. Sie blickte ihn skeptisch an, als sie das Papier entgegennahm. Sie faltete es auseinander und wusste, was sie in der Hand hielt, bevor sie lesen konnte, was mit Zeitungsschnipseln darauf geklebt war. Sie zog die Augenbrauen hoch, während sie den Text überflog:

Wenn Sie Ihren Sohn lebendig wiedersehen wollen, nehmen Sie morgen früh um 10:14 Uhr den Zug von Wittmund in Richtung Bremen und halten 100.000 Euro in kleinen, unmarkierten Scheinen in einer Plastiktüte bereit. Details wegen der Übergabe und den Aufenthaltsort Ihres Sohnes teilen wir Ihnen über das Mobiltelefon Ihrer Facebookanzeige mit. Des Weiteren: Löschen Sie den Post sofort und schalten Sie KEINE Polizei ein!

»Moin«, sagte Goselüschen, der gerade von der Toilette zurückkehrte. »Was ist los?«, wollte er wissen, nachdem er den Zustand der Bergers und den fassungslosen Blick seiner Kollegin gesehen hatte. Sie reichte ihm wortlos das Erpresserschreiben. Kopfschüttelnd ließ er sich auf seinen Bürostuhl fallen. »Was ist das jetzt für `ne kranke Scheiße?« Er machte eine entschuldigende Geste in Richtung der Bergers. »Was für ein Post ist das oder war das?«

»Sag schon«, ermunterte Nathalie Berger ihren Mann leise. Der räusperte sich.

»Nun, wir haben einen Aufruf gestartet, dass wir hunderttausend Euro zahlen, falls jemand diesen Krawinkel schnappt und wir unseren Sohn wiederbekommen.«

»Mann, Mann, Mann«, entfuhr es Goselüschen, während er die Augen verdrehte. »Haben Sie den Post wenigstens gelöscht?« Die Bergers nickten.

»Wo haben Sie den Brief gefunden?«

»Vor der Tür unserer Ferienwohnung, Frau Fortmann. Er lag vorhin da. Und nein, wir haben nicht gesehen, wer ihn da abgelegt hat.«

»Stand in Ihrem Post zufällig, wo Sie sich gerade aufhalten? Und Ihre Handynummer?« Abermals nickte Nathalie Berger und richtete das Wort an ihren Mann:

»Ich hab dir gleich gesagt, dass das keine gute Idee ist.« Er grunzte und verschränkte die Arme vor der Brust.

»Irgendetwas müssen wir schließlich tun«, verteidigte er sich. Im Gegensatz zur Polizei, die außer Däumchendrehen und Pressekonferenzen nichts tut, schien er geistig hinzuzufügen, deutete Maria seinen Gesichtsausdruck richtig.

»Nun«, sagte sie, »jetzt ist es passiert. Und möglicherweise funktioniert es. Sagen Sie: Haben Sie das Geld tatsächlich?«

»Ja, das hab ich heute noch anweisen lassen. Das ist für uns jetzt nicht so viel Geld. Und wenn wir unseren Sohn damit retten können erst recht nicht.«

»Gut, dass Sie zu uns gekommen sind.« Sie ignorierte vorerst Goselüschens fragenden Blick und instruierte die Bergers über das weitere Vorgehen.

***

Neben Marion Dünemann befanden sich Maria, Sebastian, Goselüschen, Karl-Heinz Waldner und zwei weitere Kollegen im Besprechungsraum.

»Dann lassen Sie mal hören, Frau Fortmann«, sagte ihre Chefin.

»Zuerst möchte ich sagen, dass Gose und mir bewusst ist, dass eine Erpressung überhaupt nicht dem Profil Krawinkels entspricht. Zumal wir davon ausgehen müssen, dass es mindestens zwei Täter sein könnten, glauben wir dem Text. Was zusätzlich gegen Krawinkel spricht, denn wir können uns nicht vorstellen, dass er mit jemandem zusammenarbeitet. Doch mangels der Ergebnisse unserer bisherigen Fahndung denke ich, dass uns nichts anderes übrig bleibt, als das Schreiben ernst zu nehmen und dementsprechend zu handeln.«

»Seid ihr sicher, dass es nicht irgendein Trittbrettfahrer ist, der die Gunst der Stunde nutzen will, um sich ein paar Euro auf die Schnelle zu verdienen?«

»Natürlich können wir das nicht ausschließen, Kalle. Aber wie Maria schon sagte, wir haben momentan keine heiße Spur. Bis auf die Fahndung nach Krawinkel, die eh schon auf Hochtouren läuft, sind uns die Hände gebunden. Wer weiß, vielleicht geht er uns bis morgen früh ins Netz und die Erpressung löst sich in salzgeschwängerte Nordseeluft auf.«

»Was ist mit dem anderen Jungen, diesem Julian, gibt es dafür auch eine Lösegeldforderung?«

»Nein, Frau Dünemann. Das erklären wir uns einerseits damit, dass seine Mutter kein Kopfgeld ausgesetzt hat, und andererseits damit, dass, wenn wir den TV-Aufruf betrachten, bei dem sie ihren Jogginganzug trug, man sicher nicht davon ausgehen kann, dass bei ihr etwas zu holen ist.« Waldner blickte während Marias Ausführungen skeptisch zu ihr.

»Warum hat er dann noch beide Jungen, wenn er nur mit einem Geld abzocken kann?«

»Das wissen wir nicht und wir wissen auch nicht, ob er überhaupt noch beide hat. Trotzdem sollten wir diese Chance nutzen. Verlieren können wir nicht dabei. Außer etwas Zeit.«

»Ich bin da bei Ihnen, Peter«, stimmte Dünemann ihm zu und sah zu Maria. »Wie stellen Sie sich den Ablauf vor?«

»Nun, ich schlage vor, dass zwei von uns denselben Zug nehmen und mindestens drei zivile Einsatzwagen der Bahn folgen, falls das Geld während der Fahrt rausgeworfen werden soll. Sebastian sorgt dafür, dass wir ständig mit den Bergers in Kontakt stehen. Die sind bereits darüber informiert, uns morgen jede

Anweisung der oder des Entführers sofort weiterzuleiten.«

»Und wenn der Erpresser kein Wahnsinnsgenie ist, dürften wir ihn schnell schnappen können«, führte Goselüschen weiter aus. »Läuft alles optimal und es handelt sich um Krawinkel, wird er uns sicher den Aufenthaltsort der Jungs beichten – die dann hoffentlich noch am Leben sind.« Marion Dünemann sah nacheinander den Anwesenden in die Augen.

»Gibt es grundsätzliche Einwände?« Sie wartete ein paar Sekunden und als niemand etwas sagte, schloss sie: »Gut, dann machen wir das so. Viel Erfolg.« Maria schaute der aus dem Raum eilenden Frau hinterher. Nachdem die Tür zugefallen war, richtete sie das Wort an den IT-Nerd.

»So, Basti, dann klär uns mal über die technischen Details auf.« Der Angesprochene klappte seinen Laptop auf, holte einiges an technischem Zubehör für die Aktion am nächsten Tag aus einer Sporttasche und begann mit der Einweisung. Das zufriedene Gesicht zeigte ihr, dass er sich in seinem Element befand.

***

Mit aller Macht trat Krawinkel gegen den Stuhl, sodass er einige Meter durch die Küche flog und mit einem Krachen vor dem Einbauschrank auf den Fliesen landete. Außer einer abgebrochenen Querstrebe, die zwei der Füße stabilisierte, blieb er unversehrt.

»Verdammte Scheiße!« Nicht zum ersten Mal in den letzten Tagen, Wochen, Monaten fluchte er und war über sein eigenes Verhalten entsetzt. Walter Krawinkel erkannte sich selbst schon lange nicht mehr. Nichts war übriggeblieben von diesem jungen, aufstrebenden Studenten, dessen Dozenten nicht nur einmal über seine innovativen Ideen staunten, der von seinen Kommilitonen gemocht wurde und den wenigen Kommilitoninnen mit Leichtigkeit den Kopf verdrehen konnte.

»Schau dich an, Krawinkel«, sagte er, sich mit beiden Händen abstützend über das Ceranfeld des Herdes geneigt, wo sich sein Gesicht spiegelte. »Du bist ein Pädophiler, Entführer und ein von deiner eigenen Familie Verstoßener.« Gerade der letzte Punkt trieb ihm die Tränen in die Augen. Er streckte sich und wischte sich mit dem Ärmel durch das Gesicht. Er schluchzte kurz auf, riss sich jedoch sofort wieder zusammen. »Scheiß drauf, ist jetzt eh egal.« Denn morgen Nachmittag wäre alles vorbei – so oder so. Sein Leben, wie er es bis vor fünfeinhalb Jahren gelebt hatte, war unwiederbringlich vorbei und es war langsam an der Zeit, das einzusehen und die Konsequenzen daraus zu ziehen.

***

Erschöpft vom Tag warf Goselüschen seine Arbeitstasche in die Ecke. Der betörende Duft von geschmolzenem Käse über einer perfekten Lasagne strömte ihm in die Nase und sofort nahmen seine Speicheldrüsen ihre Arbeit auf. Er tänzelte fast in die Küche und zog den Nudelauflauf aus dem Backofen, lud sich eine doppelte Portion auf den Teller, schnappte sich im Vorbeigehen eine Flasche Pils aus dem Kühlschrank und machte sich auf ins Wohnzimmer.

Im TV lief gerade Werbung und Sylvia lag zugedeckt auf dem Sofa.

»Na, endlich Feierabend?«, begrüßte ihn seine Ex-Frau mit müden Augen und belegter Stimme. Sie schien eingenickt gewesen zu sein. Nach seinem Seitensprung vor einigen Jahren hatte sie sich von ihm scheiden lassen, gab ihm und ihrer Beziehung jedoch eine neue Chance. Er stellte sein Essen auf den Tisch, setzte sich neben sie und gab ihr einen Kuss auf die Stirn.

»Ja, zum Glück«, stöhnte er. »Aber der morgige Tag wird mindestens genauso hart wie der heutige.« Sylvia zog die Beine an und richtete sich auf, sodass sie im Schneidersitz neben ihm saß. Sie reckte die Arme nach oben, streckte sich und gähnte herzhaft.

»So schlimm?« Er nickte, öffnete sein Bier und nahm einen großen Schluck. »Es geht um die Sache, die auf allen Kanälen läuft, stimmt´s? Das mit den Jungs.«

»Ja. Das allein ist schon schlimm, aber am meisten geht es mir auf den Sack, dass wir wissen, wen wir suchen, ihn aber trotz großangelegter Fahndung nicht zu packen kriegen.«

»Komisch, ich kann mir gar nicht vorstellen, dass man hier bei uns so gut untertauchen kann. Und dann noch mit zwei fremden Kindern dabei. Das muss doch jemandem auffallen.«

»Das meine ich ja«, antwortete er kauend. »Wir haben hier auf dem platten Land keine Berge, kaum Wälder und unsere Städte sind eher größere Dörfer.

Aber dennoch hat er es zumindest bis jetzt geschafft, sich unserem Zugriff zu entziehen.«

»Und warum meinst du, wird es morgen so hart?« Sie stibitzte sich seine Gabel und nahm einen Happen vom Auflauf. »Der ist echt gut, oder?«

»Hast du noch nicht gegessen?«, fragte er, obwohl er natürlich gesehen hatte, dass die Kasserolle nur noch zu zwei Dritteln gefüllt war. Sie schüttelte den Kopf und gab ihm mit einem Zwinkern sein Besteck zurück. »Bei den Eltern von Hannes, dem Jungen, der heute entführt wurde, ist eine Lösegeldforderung eingegangen. Die Übergabe ist für morgen vorgesehen.« Sylvia zog die Augenbrauen nach oben.

»Was? Ich hab doch was davon gehört, dass er ein Kinderschänder ist. Seit wann erpressen die die Eltern? Das ist doch komisch, geht es denen nicht ausschließlich um ihre sexuelle Befriedigung?«

»Richtig. Das ist alles etwas verwirrend.« Er steckte die Gabel in die Nudeln und drehte den Bissen vor seinen Augen langsam herum, bis er zurück auf den Teller fiel. »Wir sind auch nicht sicher, dass es der Krawinkel war, der die Forderung gestellt hat. Doch das werden wir spätestens wissen, wenn wir ihn – oder wen auch immer – nach der Übergabe einkassiert haben.«

»Wer sollte es denn sonst sein? Steht denn fest, dass dieser Krawinkel die Jungs entführt hat?«

»Eine Zeugin hat ihn eindeutig identifiziert. Er war demnach zum Tatzeitpunkt am Entführungsort.«

»Hat sie mitbekommen, wie er den Jungen entführt hat?« Goselüschen zögerte.

»Nein, die Tat an sich hat niemand konkret beobachtet. Aber sie hat ihn unmittelbar davor in der

Nähe von Julian gesehen. Und als wir seine Wohnung gecheckt haben, war er ausgeflogen und das recht überhastet. Abgesehen davon wurde er in einer Kneipe in Wittmund gesehen, wo Hannes verschleppt wurde. Laut der Bedienung hat er sich genau in dem Moment verpisst, als der Aufruf im TV lief.«

»Okay, das hört sich schlüssig an. Ansonsten wäre er doch auch sicher selbst zur Polizei gegangen und hätte es aufgeklärt, wenn er nichts damit zu tun hätte.«

»Na ja, das gebrannte Kind scheut das Feuer, wissen wir ja.«

»Aber wenn jeder Polizist des Landes mich auf dem Zettel hätte und ich unschuldig bin, versuche ich doch, euch davon zu überzeugen.«

»So sollte es im Idealfall sein, doch denken die meisten Kriminellen nicht zwingend logisch und rationell – sonst würden sie ja auch nicht kriminell werden oder wenn doch, dann so, dass sie keine Spuren hinterlassen.« Er nahm einen Schluck Bier und schaute auf seinen fast leeren Teller. »Aber ganz im Gegenteil: Er versucht mit aller Macht und bislang mit Erfolg, unsichtbar zu bleiben.« Er aß den letzten Bissen, schob den Teller in die Mitte des Tisches und machte es sich neben seiner Ex-Frau bequem. »Und bei dir?«

»Frag nicht, alles wie immer.« Sie lachte.

»Was gucken wir?« Er deutete mit dem Kopf in Richtung der Flimmerkiste. Sag bitte nicht, eine Liebesschnulze, flehte er innerlich.

»Etwas für's Herz, damit du ein bisschen runterkommst«, sagte sie grinsend, als hätte sie seine Gedanken gelesen.

»Oh, toll. Ich freu mich«, gab er unter einem gequälten Grinsen von sich.

»Peter Goselüschen, auch harte Männer dürfen eine weiche Seite haben – und sie auch zeigen.« Sie stieß ihm spielerisch in die Flanke, bevor sie ihn mit den Armen umschlang.

***

Der Anrufbeantworter zeigte drei Nachrichten an. Maria spielte die Aufnahmen ab, während sie ihrem Kater Pinky sein Abendmahl zubereitete. Sie lächelte, als sie nach einiger Zeit mal wieder die Stimme ihres Vaters hörte. Er hatte sie im TV gesehen und sollte ihr auch von den Nachbarn im heimischen Visbek ausrichten, dass sie eine gute Figur gemacht hätte und sie stolz auf sie wären. Natürlich wünschten sie ihr zuallererst viel Erfolg bei der Suche nach den vermissten Kindern.

»Ja, ja, da muss man erst ins Fernsehen kommen, damit die Leute wieder mal an einen denken«, erzählte sie ihrem Kater und streichelte ihm über den Kopf. Eitelkeit, eine der Todsünden, dachte sie und erinnerte sich unweigerlich an den Horrorthriller *Sieben* mit *Brad Pitt* und *Morgan Freeman* in den Hauptrollen, in dem gerade diese Sünden den Opfern zum Verhängnis wurden. »Hoffentlich bricht mir das nicht auch das Genick. Was meinst du, Pinky?« Er zuckte weg und zischte sie an. »Dir scheint mein Schicksal gleichgültig zu sein, solange du einen vollen Napf vorfindest.« Sie ließ ihr Haustier in Ruhe und machte sich grinsend auf ins Wohnzimmer.

Ihr Vater informierte sie in der Nachricht noch über den neuesten Klatsch und Tratsch aus der Nachbarschaft, erzählte von den aktuellen Plänen ihres kleinen Bruders und erinnerte daran, dass sie im nächsten Monat seinen Geburtstag nicht vergessen sollte. »Als ob ich jemals deinen B-Day vergessen würde, Paps.« Ein Piepton kündigte die nächste Nachricht an. Doch nach dem Ton folgte die Bandansage, dass der Anrufer keine hinterlassen hätte. Das gleiche wiederholte sich beim dritten und letzten Anruf, den das Gerät entgegengenommen hatte. »Wer nicht will, der hat schon«, sagte sie und dachte nicht weiter darüber nach, dass die Anrufe von einem anonymen Anschluss gekommen sein müssten, denn die nette mechanische Stimme bot ihr keine Möglichkeit eines Rückrufes an.

Während sie das TV laufen ließ und, ohne es zu ahnen, denselben Film schaute wie ein paar Kilometer entfernt Goselüschen und Sylvia, dachte sie über den aktuellen Fall nach. Sie konnte die Einwände ihrer Kollegen nachvollziehen, dass die Erpressung nicht zu dem Profil Krawinkels passte. Klar, wenn es nur die zweite Entführung gäbe, also nur Hannes vermisst werden würde, und nicht mit Krawinkel bereits ein Hauptverdächtiger in ihrem Visier wäre, dann ergäbe eine Lösegeldforderung an die Bergers durchaus Sinn. Zumal sie offensichtlich gut situiert waren und daraus keinen Hehl machten. Doch das Verschwinden Julians kurz zuvor passte überhaupt nicht ins Bild.

Sie kam nicht umhin, die Möglichkeit mit einzubeziehen, dass die beiden Fälle, trotz der optischen Ähnlichkeit der Jungs und dem vergleichbaren Vorgehen bei der Entführung, vielleicht doch nicht zusammenhingen. Denn außer diesen Gemeinsamkeiten und dem Fakt, dass die Eltern jeweils von außerhalb waren und ihren Urlaub hier verbrachten, gab es zwischen den Bergers und der Grundmann keine Verbindungen. Das alles hatten sie mit Sebastians Hilfe gecheckt. Sie fanden im privaten und beruflichen Umfeld absolut keine Schnittmenge.

Maria verfolgte seufzend den Abspann des Films, der mit einem schwulstigen Happy End aufgewartet hatte. Genau so etwas hatte sie jetzt gebraucht, um mit einem solch aufwühlenden Tag abzuschließen. Sie schaltete das Gerät aus und machte sich bettfertig. Morgen würde es nicht weniger anstrengend werden als heute, dessen war sie sicher.

Kapitel 8

Krawinkel hatte alles vorbereitet und war bereit, es durchzuziehen. »Was bleibt mir auch anderes übrig?«, sagte er grimmig. »Immerhin hab ich mich selbst in diese beschissene Situation hineinmanövriert.«

Er blickte zum wiederholten Male zur Uhr an der Küchenwand und rührte in seinem Kaffee. Als ob der Tropfen Milch nicht schon seit etlichen Minuten im Kaffee verteilt wäre, dachte er und zog den Löffel heraus.

Krawinkel überflog mit seinen Augen die Arbeitsplatte neben dem Herd. Sie war aufgeräumt und abgewischt. Er hatte schon immer einen gewissen Fimmel, seine Sachen in Ordnung zu halten, und obwohl ihm durchaus bewusst war, dass er nie wieder oder zumindest für eine sehr lange Zeit nicht hierher zurückkehren würde, hätte er es nicht ertragen können, das Haus unordentlich zu hinterlassen. »Du hättest ein prima Mädchen abgegeben«, hatte ihm seine Mutter oft gesagt, als er noch ein Kind gewesen war. Damit meinte sie nicht nur diese Eigenschaft, sondern auch seine große Empathie, die er gegenüber Tieren und anderen Menschen in der Lage war, aufzubringen. Und sie lag nicht daneben, denn einer Spinne die Beine auszureißen oder einen Frosch mit einem Strohhalm aufzupusten, bis dieser platzte – was andere Jungen seines Alters hin und wieder gerne machten – wäre Walter niemals in den Sinn gekommen. Er konnte als Kind sprichwörtlich keiner Fliege etwas zuleide tun.

»So ändern sich die Menschen«, sagte er und lachte kurz auf. »Aus einem Pazifisten wird der zur Zeit meistgesuchte Verbrecher Norddeutschlands.« Er schüttelte traurig den Kopf. »Gut gemacht, Walter.«

***

Maria hatte schlecht geschlafen. Sie fühlte sich wie ein Zombie und der Blick in den Badspiegel verbesserte ihr Wohlbefinden auch nicht gerade. »Die Zeiten des straffen Gesichts sind endgültig vorbei«, sagte sie und lachte bitter auf, während sie mit den Händen die Haut über ihren Wangenknochen und um die Augen hin- und herschob. »Muss mich wohl langsam um ein paar Botoxinjektionen kümmern.«

Jahrelang hatte sie unter Durchschlafstörungen gelitten, wurde fast jede Nacht mindestens einmal wach. Erst seit dieser Sache mit der Selbstjustizorganisation hatte es sich gebessert, da sie mit ihren alten Dämonen konfrontiert worden war und ihren Frieden mit ihnen schloss. Das war einer der wenigen positiven Aspekte, die sie dieser aufwühlenden Zeit im Nachhinein abgewinnen konnte.

Sie schleppte sich unter die Dusche, versorgte danach ihren übergewichtigen Kater und wollte gerade aufbrechen, da erhielt sie einen Anruf von Sebastian.

»Was gibt es so Wichtiges?«

»Ja, ich weiß, dass wir gleich die Abschlussbesprechung haben, aber hör zu: Ich habe vorhin endlich die Schwester vom Krawinkel erreicht. Nachdem weder den Eltern noch ihrem Bruder eingefallen war, oder ihnen einfallen wollte, wo sich Walter versteckt haben könnte, verriet mir Margitta, so ihr Name, die Adresse einer Hütte an einem Fischteich, in der sie und Walter als Kinder häufig gewesen sind. Der liegt nicht weit außerhalb Jevers.«

»Und davon wusste der Rest der Familie nichts?«

»Nein, laut Margitta war das quasi ihr kleines Geheimnis.«

»Ja, ja, das Geheimnis eines Sommers. Ich kotze.« Sie schnaubte kurz. »Sauber, Basti. Weiß Gose Bescheid?«

»Nein, den wollte ich sofort nach dir anrufen.«

»Okay, sag ihm, dass ich ihn abhole. Schick mir die Adresse und order ein SEK-Team an. Wir fahren direkt hin. Sebastian wiederholte die Anweisungen und beendete ihr Gespräch.

Sie hupte, worauf Goselüschen aus dem Haus getrabt kam und sich keuchend auf den Beifahrersitz fallen ließ.

»Kommt endlich etwas Bewegung in die Sache, was?«

»Dir auch einen guten Morgen, Herr Kollege. Aber ja, das wurde auch Zeit. Wenn´s gut läuft, können wir die Übergabe abblasen.« Goselüschen nahm einen Schluck aus seinem Thermokaffeebecher, dem er seit einiger Zeit den Einwegpappbechern gegenüber den Vorzug gab. Er setzte ab und hielt ihn Maria vor die Nase. Auch ´n Schluck? Siehst aus, als könntest du einen gebrauchen.« Maria, die prinzipiell eher zu Tee tendierte und bereits zwei Tassen zum Frühstück getrunken hatte, zögerte kurz und griff dann zu.

»Danke für den Kaffee und danke für das Kompliment, dass ich scheiße aussehe.« Sie nippte zweimal daran und gab ihn zurück.

»Stets zu Diensten. Zum Thema: SEK unterwegs?«

»Das hoffe ich. Basti kümmert sich drum.«

Sie näherten sich ihrem Ziel und Maria schaltete das Martinshorn ab, damit Krawinkel nicht gewarnt sein würde. Während der Fahrt hatte Goselüschen den SEK-Teamleiter kontaktiert und so trafen sie etwa einen halben Kilometer vor der Hütte auf ihre spezialisierten Kollegen.

»Moin«, begrüßte der Teamleiter die beiden und wandte sich in Richtung des Objekts, das hinter einem kleinen Waldstück verborgen lag. »Wir sind in Position und können von drei Seiten aus zugreifen.«

»Moin«, erwiderte Maria und Goselüschen hob grüßend die Hand. »Ihr wisst, was euch erwartet?«

»Eingeschossige Blockhütte mit kleinem Keller, zwei gut einsehbare Nebengebäude. Darin ein Mann, möglicherweise bewaffnet, und zwei kleine Jungen.«

»Wie ist die Lage vor Ort?« Damit spielte Goselüschen auf die Kollegen des SEKs an, die sich bereits ihrem Ziel genähert und die Lage sondiert hatten.

»Ruhig, bisher jedenfalls, aber wir sind auch erst knapp zehn Minuten hier. Vor dem Haus parkt ein Van. Die Nebengebäude sind bis auf ein paar Gartengeräte und Terrassenmöbel leer.«

»Bei dem Wetter stehen die nicht auf der Veranda?«

»Und dazu noch ein Eistee gefällig?« Er schlug Goselüschen auf die Schulter. »Nein, mein Freund, offenbar werden wir nicht erwartet und zu einer Grillparty mit Fassbier eingeladen.«

»Tragisch.«

»VW Sharan mit Emder Kennzeichen?«, mischte sich Maria ein.

»Sharan ja, Kennzeichen fehlen.« Dann wird er sie abmontiert haben, dachte sie. »Falls ihr soweit seid, wir sind es«, fügte er hinzu. Sie blickte vom Teamleiter zu Goselüschen, der mit den Schultern zuckte.

»Okay, Zugriff.«

»Alles klar«, sagte der Teamleiter und sprach in das Mikrofon seines Headsets: »Zugriff!«

Gebannt warteten Maria und Goselüschen am Einsatzwagen.

»Drück uns die Daumen«, sagte sie.

»Was denkst du, was ich die ganze Zeit mache? Ich habe davon schon Durchblutungsstörungen im Endglied.« Trotz der angespannten Situation entlockte er ihr damit ein Lächeln.

Sie hörten das Zerbersten von Glas hinter dem Baumbestand. Statt der befürchteten Schüsse blieb es ruhig, bis sich nach nicht einmal einer Minute der Teamleiter zu ihnen umdrehte und den Daumen nach oben reckte.

»Alles gesichert.« Ansatzlos gingen die beiden los und erreichten kurz darauf das Blockhaus, aus dem die entspannt wirkenden Einsatzkräfte mit locker um die Taillen baumelnden Schnellfeuerwaffen nacheinander heraustraten und sich dabei unbeschwert unterhielten.

»Nichts, absolut nichts. Die Bude und die Nebengebäude sind leer«, klärte sie der Beamte auf, der ihnen als Erster begegnete. Maria nickte. Sie waren zu spät.

»Also ist er ausgeflogen. Aber sein Wagen steht noch hier.« Er deutete auf den Van, der ohne Kennzeichen zwischen der Hütte und dem wohl als Lagerstätte dienenden, an einer Seite offenen Unterstand parkte.

»Er hat mitbekommen, dass wir ihm am Arsch kleben, kein Wunder, dass er sich einen anderen Wagen besorgt hat.«

Sie betraten das Innere der Hütte. Maria hielt sich ein Tuch vor den Mund, da sie noch Spuren vom Reizgas riechen konnte, dass eben vom SEK durch eines der Fenster geworfen worden war. Als Erstes fiel ihr der aufgeräumte Zustand in der Hütte auf – sah man mal von den Scherben ab, die vor einigen Fenstern auf den Holzdielen lagen.

»Die Kaffeemaschine ist noch warm«, sagte Goselüschen und Maria rechnete schon damit, dass er sich eine Tasse eingießen würde.

»Dann kann er noch nicht weit sein. Sicher bereitet er sich für die Lösegeldübergabe vor.«

»Ja, er scheint in der Tat gut organisiert zu sein, wenn ich mich hier so umgucke. Ganz anders als in seiner eigenen Wohnung.«

»Ja«, stimmte Maria zu. »Da hatte er es offensichtlich wesentlich eiliger, sich aus dem Staub zu machen, als hier.«

»Ich frage mich nur, warum er nicht uns, beziehungsweise dem SEK entgegengekommen ist. Es führt nur der eine befestigte Weg zur Hütte.«

»Schau mal da«, sagte sie und deutete durch das Küchenfenster nach draußen, wo man den hinteren Bereich des Grundstücks und den Fischteich sehen konnte, der an der breitesten Stelle ungefähr 80 Meter maß und dessen Wasserstand wegen der langen Hitze bedenklich niedrig war.

»Ah, das hatte ich glatt übersehen.« Zwei schmale Feldwege führten in verschiedene Richtungen von der Hütte weg. »Er ist mindestens eine Viertelstunde weg und wir haben keine Ahnung, welchen Wagen er gerade fährt und noch weniger, wo er die Geldübergabe plant.«

»Viel schlimmer ist, dass wir immer noch keine Spur von den Jungs haben. Das Kinderzimmer sieht auch nicht gerade stark bespielt aus.«

»Nun, wenn er überall so ordentlich ist, hat er sicher auch das Zimmer aufgeräumt, nachdem er die Jungs ins Auto gebracht hat.« Oder er hat sich ihrer längst entledigt, aber daran wollte er nicht denken.

»Lass die Spurensicherung hier ihre Arbeit machen.« Maria warf die Autoschlüssel von einer Hand in die andere. »Wir müssen uns beeilen, wenn wir rechtzeitig zur Besprechung ankommen wollen.«

***

Zum wiederholten Male wanderten Krawinkels Augen zur Uhr und er wünschte sich, die Zeiger und damit die Zeit einfrieren zu können. Nein, er musste damit abschließen. Der große Zeiger näherte sich der sechs. Es war so weit.

Bevor er das Haus verließ, fiel sein letzter Blick in das Kinderzimmer und ein Gefühl der Sehnsucht nach der guten alten Zeit durchströmte ihn. Auch wenn es natürlich nicht mehr so aussah, wie er es aus seiner Kindheit kannte, verband er doch mit jeder Ecke des Raumes irgendeine Erinnerung an damals.

Obwohl es noch früh am Tag war, deutete die Sonne an, was heute zu erwarten war: Die Fortsetzung des Jahrhundertsommers vom letzten Jahr, was ihm möglicherweise aufgefallen wäre, hätte er die heißen Monate des Vorjahres nicht im Knast hinter dicken Mauern verbracht. Die drückende Wärme trieb den Schweiß auf seine Stirn.

Ein Motorengeräusch ließ ihn aufhorchen. Vorsichtig lief er zu der hochaufgeschossenen Eiche im Zentrum des kleinen Waldstücks vor dem Grundstück und kletterte auf einen der mittleren Äste, von wo aus er über die anderen Bäume hinwegsehen konnte. Er schluckte, als er die beiden Fahrzeuge sah, wobei er insgeheim sicher war, dass es nicht die Post oder ein Bauer, der eines der Felder abernten wollte, die um die Hütte herum lagen, sein würde. Nein, die beiden Mannschaftswagen, deren Dächer er in der Ferne sehen konnte, waren Einsatzfahrzeuge. Er erkannte sie trotz des Staubs, den sie bei der Fahrt aufwirbelten. Schnell verließ er seinen Aussichtspunkt und eilte zur Hütte zurück. Es wurde allerhöchste Zeit.

**

Die Besprechung verlief reibungslos und innerhalb einer Viertelstunde waren alle Beteiligten einschließlich der Bergers detailliert instruiert worden. Kurz hatten sie überlegt, Maria die Eltern begleiten zu lassen, doch nach der TV-Präsenz der Polizisten hatte das Team sich dagegen entschieden. Sie mussten schließlich nicht auffälliger agieren als notwendig. So nahm Goselüschen den vorderen Waggon, während die Bergers dem

Zug in der Mitte zustiegen. Karl-Heinz Waldner befand sich bereits drinnen, er war eine Station zuvor eingestiegen.

Die beiden Polizisten durchstreiften aufmerksam Waggon für Waggon, bis sie den erreicht hatten, in dem das Elternpaar saß. Goselüschen warf einen fragenden Blick zu seinem Kollegen. Der schüttelte unmerklich den Kopf. Auch Goselüschen gab zu verstehen, dass er Krawinkel nicht unter den Fahrgästen ausgemacht hatte. Er bemühte sich, unauffällig zu den Bergers zu gelangen, und fragte beiläufig, ob der Platz ihnen gegenüber noch frei wäre. Etwas verwirrt nickte Ingo Berger und Goselüschen setzte sich.

»Bleiben Sie ganz ruhig. Wir sind da und wir folgen dem Zug. Ihnen kann nichts passieren.«

»Um uns mache ich mir auch keine Sorgen«, zischte Ingo Berger.

»Ich verstehe Sie.« Mehr Zusagen wollte er im Moment nicht machen, da es ihnen um die Ohren fliegen würde, sollte etwas schiefgehen.

Waldner hatte sich einen Platz an der Tür gesucht, sodass er den ganzen Waggon im Blick und Augenkontakt mit seinem Kollegen hatte. Der Zug setzte sich in Bewegung. Die Anspannung der Bergers war unübersehbar. Er beobachtete, wie Ingo Bergers Augen sich unablässig bewegten, während seine Frau durchgehend an ihren Fingern knibbelte. Er hatte vollstes Verständnis für die Eltern des entführten Jungen. Er mochte sich gar nicht vorstellen, wie er sich fühlen würde, hätte er Kinder und denen würde Derartiges widerfahren. Dann sah er, wie sein Kollege die Hand ans Ohr legte und im selben Moment knackte es auch in seinem Empfänger.

»Alles klar bei euch?«, hörten sie Sebastian aus der Ferne fragen.

»Ja, wir sind vor einem Augenblick losgefahren. Im Zug ist er nicht«, erklärte Goselüschen. Das konnte er mit Sicherheit sagen, denn sie hatten nicht nur jeden einzelnen Fahrgast genau unter die Lupe genommen, sondern auch in den Toiletten nachgesehen.

»Wir sind auch auf dem Weg«, erklang im Kopfhörer die Stimme Marias. Ein weiterer Kollege bestätigte, ebenfalls dem Zug zu folgen. Sie hatten in der Besprechung beschlossen, dass zwei Zivilfahrzeuge der Bahn hinterherfahren sollten und einige Kollegen in Streifenwagen darum gebeten, sich auf Abruf bereit zu halten.

»Wie schaut es mit dem Helikopter aus?«, fragte Goselüschen. Sie hatten die Luftüberwachung gestern noch angefordert, die ihnen auch zugesagt worden war, doch eine Grippewelle hatte über Nacht zwei Piloten außer Gefecht gesetzt, sodass der Einsatz auf der Kippe stand.

»Negativ«, sagte Sebastian. »Sie wären noch am Rotieren, ob sie auf die Schnelle Ersatz rankriegen, doch bislang kam nichts.«

»Dann müssen wir halt doppelt aufmerksam sein«, erklärte Maria mit entschlossener Stimme.

Die Minuten verstrichen. Sie hatten die Bahnhöfe von Jever und Schortens hinter sich gelassen und ein- und aussteigende Fahrgäste genau inspiziert. In wenigen Minuten würden sie Sande erreichen, wo sie in einen anderen Zug umsteigen müssten. Goselüschen zermarterte sich das Gehirn darüber, wann es passieren würde: ob auf dem Bahnhof oder erst im Laufe der weiteren Fahrt. Vielleicht auch gar nicht. Das plötzliche Vibrieren des Smartphones in der Hand Ingo Bergers überraschte ihn, obwohl ihm bewusst war, dass sich der Entführer irgendwann melden würde.

»Bleiben Sie ruhig und wiederholen Sie laut alles, was er von Ihnen verlangt. Wie wir es besprochen haben.« Er neigte sich vor und Berger nahm das Gespräch an.

»Ja?« Dann murmelte er etwas, bevor er weitersprach. »Okay, ich gehe jetzt auf die Toilette rechts in Fahrtrichtung«, wiederholte Berger offenbar die Anweisung des Erpressers. Goselüschen nickte ihm zu und folgte dem Vater des entführten Hannes. Die befremdlichen Blicke einiger Fahrgäste ignorierte er. Ihn würde es auch verwundern, wenn sich zwei Männer in die Kabine einer Zugtoilette quetschten. Doch das juckte ihn jetzt nicht, er zwängte sich hinter Berger in das WC, schloss die Tür und blieb dicht neben ihm stehen.

»Kannst du ihn orten, Basti?«, flüsterte er in sein Mikro.

»Fehlanzeige, unterdrückte Nummer. Das würde dauern«, bekam er zur Antwort.

»Ich werfe die Tüte aus dem Fenster, wenn wir unter der Autobahn sind«, wiederholte Berger die nächste Anweisung.

»Habt ihr es? Unter der Autobahn!«, zischte Goselüschen in Richtung seiner Kollegen.

»Verdammt!«, hörte er Maria fluchen. »Da komm ich so schnell nicht hin! Hier ist kein Übergang.«

»Soll ich es rauswerfen?«, fragte Ingo Berger.

»Ja, sonst ist ihm sofort klar, dass wir an ihm dran sind.« Goselüschen nickte einmal. »Tun Sie es.«

»Mh«, machte Berger und klappte den oberen Teil des Fensters auf. Die Luft strömte hinein und Goselüschen verstand für einen Moment nicht, was seine Kollegen über Funk besprachen. Berger wartete, bis die Autobahn einen Schatten auf sie warf. Der Moment war gekommen, sie befanden sich jetzt genau unter ihr. Berger zwängte die Tüte in den Spalt am oberen Fenster, die sich scheinbar kurz wehrte, doch dann mit einem raschelnden Geräusch vom Fahrtwind fortgetragen wurde. »Was passiert jetzt?«

»Erstmal verschwinden wir hier«, sagte Goselüschen naserümpfend. »Wir steigen gleich in Sande aus. Sie werden zu Ihrer Ferienwohnung zurückgebracht und wir holen uns den Schweinehund. Und mit ihm auch Hannes und Julian.« Wenn denn alles so klappt, wie wir es uns vorstellen, schob er gedanklich hinterher. Sie kehrten zu ihrem Platz zurück, wo Ingo Berger seine Frau über das Telefonat und die Anweisungen informierte. Sie krallte sich an seinem Unterarm fest und legte ihren Kopf an seine Schulter. Goselüschen gesellte sich zu Waldner.

»Wie jetzt?«, hörte er ihn fast ins Mikro schreien, kaum dass er sich gesetzt hatte.

»Was ist los?«

»Hast du es nicht mitbekommen eben?«

»Nein, im Klo war es zu laut. Was ist denn?«

»Wir haben das GPS Signal in der Geldtasche verloren«, wiederholte Sebastian die Information, die nun auch Goselüschen verstand.

»Wie kann das sein?«, wollte er wissen.

»Entweder hat Krawinkel den Sender gefunden, was ich mir kaum vorstellen kann in so einer kurzen Zeit, oder –.«

»Oder was?«, hörten sie Marias Stimme.

»Oder er hat einen Störsender. Möglich auch, dass er die Tasche in einen Metallkasten gepackt hat, der die Verbindung unterbricht.«

»Wir sind gleich vor Ort, müssen nur noch über die Schienen«, sagte Maria nach einem Moment. »Von hier aus kann ich ihn noch nicht sehen, zuviel Gebüsch dazwischen.«

***

Maria bremste scharf ab und steuerte den Wagen auf die Haltebucht unter der Autobahn. Ihr Kollege Mark Meyer und sie sprangen aus dem Wagen und liefen mit gezogenen Waffen durch das dichte Buschwerk, das sie von den Bahnschienen trennte.

»Verdammter Dreck, der ist mir nix dir nix auf der Piste und das in vier verschiedene mögliche Richtungen«, rief sie Meyer zu. In wenigen hundert Metern Entfernung befand sich die Auffahrt zur Autobahn 29 und quer dazu verlaufend die B210. Wie zur Hölle sollten sie vier Richtungen abdecken, wenn nicht einmal ein verfluchter Hubschrauber zur Verfügung stand? Es ging um Minuten.

»Wenn wir ihn jetzt nicht kriegen, sieht es düster aus«, erwiderte er.

»Ich habe die Autobahnpolizei informiert und der Helikopter müsste in Kürze da sein, wurde mir gerade mitgeteilt«, hörten sie Sebastian über ihr Headset.

»Gut, Basti. Wir sind gleich da und melden uns nochmal.«

Sie kämpften sich durch die Sträucher, deren dünne, dornige Äste sich in Marias Haaren verfingen. Wütend griff sie danach, knickte sie ab und warf sie achtlos auf den staubigen Boden. Sie überquerten die Gleise und erreichten die Stelle, wo vor wenigen Minuten die Geldübergabe stattgefunden hatte. Von Krawinkel war nichts zu sehen.

»Der hat uns gepflegt gefickt«, stellte Meyer salopp fest. »Du blutest.« Er deutete auf ihre Hand. Maria nickte abwesend, während sie nacheinander in alle vier Himmelsrichtungen schaute. Es fehlte jede Spur. Über den Autobahnlärm hinweg drang das ferne Schwingen von Rotorblättern zu ihnen.

»Zu spät«, sagte Maria und trat nach einem Kieselstein, der gegen einen Stützpfeiler prallte. Dann zog sie ein Taschentuch hervor und wickelte es sich um die linke Hand, in der sie aus zwei Kratzern dünne Blutfäden sah. »Verdammte Scheiße das alles.« Sie stutzte und besah sich den Betonpfeiler genauer, der eben in Höhe eines Graffitis vom Stein getroffen wurde. »Komm mal her.« Sie winkte Meyer heran. »Siehst du auch, was ich sehe?« Er näherte sich, folgte ihrem Blick und nickte.

»Eindeutig.«

Kapitel 9

Goselüschen hatte mit den Bergers und Waldner gerade den Zug am Bahnhof von Sande verlassen, da blieb Ingo Berger plötzlich stehen und zog sein Smartphone hervor.

»Was soll das denn jetzt?«, fragte er, nachdem er einen verwirrten Blick auf das Display geworfen hatte, und reichte den Kommissaren sein Telefon. *Danke. Es tut mir leid für Ihren Jungen,* teilte ihm eine eingehende SMS von einer unterdrückten Nummer mit. Goselüschen und Waldner schauten sich ratlos an.

»Das kann ich Ihnen leider nicht beantworten, Herr Berger.« Nathalie Berger riss ihm das Gerät aus der Hand und begann, hemmungslos zu schluchzen, nachdem sie den Inhalt der Nachricht gelesen hatte.

»Heißt das, er ist –?«

»Frau Berger, das kann alles Mögliche heißen, beruhigen Sie sich bitte.«

»Ach, seien Sie doch still«, fauchte Ingo Berger in Richtung Goselüschen. »Sie reden und reden und wissen selbst von gar nichts. Oder haben Ihre Kollegen ihn etwa mittlerweile geschnappt?« Er schaute entrüstet nacheinander beide Polizisten an, die offenbar um eine schlüssige Antwort verlegen waren. »Sag ich doch.« Er ergriff die Hand seiner Frau und zog sie mit sich. »Komm, wir gehen. Die können uns nicht helfen.«

»Ich verstehe ihn«, sagte Goselüschen. Sie standen auf dem Bahngleis neben dem davonfahrenden Zug und sahen dem Ehepaar hinterher.

»Natürlich. Aber es wird Zeit für eine Aktualisierung.« Waldner griff zum Mikro an seinem Hemdkragen. »Sebastian, wie sieht es aus?« Auch Goselüschen steckte seinen Empfänger zurück ins Ohr, damit er mithören konnte.

»Maria und Mark haben frische Motorradspuren am Übergabeort gefunden und der Helikopter ist inzwischen in der Luft.« Natürlich, durchschoss es Goselüschen, das erklärte auch, wie er ungesehen von der Hütte entkommen konnte. Er hatte sich vorhin schon gefragt, mit was für einem Wagen er durch die engen Feldwege hätte abhauen können, die von seinem Unterschlupf wegführten. Gleichzeitig überkam ihn ein Frösteln: Eine Flucht auf dem Motorrad konnte nur bedeuten, dass er die Jungs zurückgelassen hat, und da sie vorhin keine Spur von ihnen entdeckt hatten, lag die schreckliche Vermutung nahe, dass er sich ihrer bereits entledigt hatte. Waldner schien seine Gedanken lesen zu können, denn er klopfte seinem Kollegen auf die Schulter und sagte:

»Wenigstens besteht die Chance, dass wir dieses Schwein kriegen. Auch wenn es keine Hilfe mehr für die beiden Kids ist, bewahrt das viele andere vor dem gleichen Schicksal.«

***

Das zweite mobile Team neben Maria und Mark hatte sofort, als der Übergabeort durchgegeben wurde, mit ihrem Dienstwagen die Auffahrt zur A29 in Richtung Oldenburg gesperrt. Ein weiterer Streifenwagen war von ihnen beauftragt worden, die Gegenrichtung ebenfalls zu blockieren.

»Er hat uns gerade überholt und fährt Richtung Oldenburg«, hörten sie. »Ist wie ein Irrer an uns vorbeigeschossen.«

»Bleibt vor Ort. Die Gegenrichtung kann wieder freigegeben werden«, wies Maria sie an und fuhr fort: »Basti, lass sofort jede Auf- und Abfahrt bis Oldenburg sperren und kurz vor der Stadt sollen sie die Piste komplett abriegeln.«

»Wird sofort erledigt. Der Helikopter ist auch informiert, sie sind an ihm dran.«

»Gut«, sagte Maria und trat auf das Gaspedal. Sie schoben sich mit dem Wagen an dem ihrer Kollegen vorbei und machten sich an die Verfolgung Krawinkels.

Die Szenerie wirkte gespenstisch. Ohnehin war im Moment kaum Verkehr auf diesem Autobahnabschnitt, doch je weiter sie fuhren, umso weniger andere Fahrzeuge passierten sie, bis sie gefühlt alleine waren.

»Das da vorne muss er sein«, sagte Mark und streckte völlig unnötig den Arm aus. Maria nickte grimmig und beschleunigte abermals. In der Ferne sahen sie den Helikopter etwa dreißig, vierzig Meter über der Autobahn fliegen, unter ihm ein kleiner Punkt, der von Sekunde zu Sekunde größer wurde und schließlich klar als ein Motorrad zu erkennen war.

Mittlerweile hatten sie bis auf etwa hundert Meter zu Krawinkel aufgeschlossen. Mehrfach wurde er über einen Lautsprecher vom Helikopter aus aufgefordert, anzuhalten, und auch Mark wiederholte es vom Wagen aus. Gänzlich davon unberührt fuhr Krawinkel auf seiner Maschine mitten auf der Fahrbahn. Seine Geschwindigkeit hatte sich auf ungefähr 130 Kilometer pro Stunde eingependelt. »Was zum Teufel hat der vor?«

»Keine Ahnung, Mark, aber hier kommt er nicht mehr raus. Versuch´s nochmal.« Mark griff nach dem Mikrofon und forderte den Flüchtenden ein weiteres Mal auf, anzuhalten und sich zu stellen. Als einzige Reaktion zeigte ihnen der Mann auf dem Motorrad den erhobenen Mittelfinger.

»Spätestens an der Sperre gibt er auf.«

»Bleibt ihm auch nichts anderes übrig«, pflichtete Maria ihm bei. Sie waren gerade an der letzten Abfahrt vor der Absperrung vorbeigefahren und somit war für Krawinkel die letzte Chance verstrichen, die Autobahn vor der Blockade zu verlassen.

Weitere Minuten vergingen. Sie befanden sich auf einem ebenen, geraden Streckenabschnitt, an dessen Ende sie mehrere dicht nebeneinanderstehende Fahrzeuge erkennen konnten.

»Das war´s, Krawinkel, halt an«, sagte Maria mehr zu sich selbst, dann riss sie die Augen auf. »Was zur Hölle macht der?«

»Ich habe keinen blassen Dunst«, erwiderte Mark. Maria ahnte nichts Gutes. Krawinkel hatte seine Geschwindigkeit etwas reduziert und sich aufgerichtet. Er nahm den Helm ab und ließ ihn neben seiner Maschine herunterfallen. Gekonnt wich Maria dem Hindernis aus, das wie ein Geschoss auf sie zukam. Unmerklich schüttelte sie den Kopf.

»Tu das nicht, Junge«, flüsterte sie.

Doch Krawinkel verfolgte seinen eigenen Plan. Als die Sperre nur noch wenige hundert Meter entfernt war, beschleunigte er sein Motorrad und hielt mit irrer Geschwindigkeit auf den Mannschaftswagen zu, der als mittleres von fünf Fahrzeugen die Blockade bildete. Die anwesenden Einsatzkräfte konnten gerade noch rechtzeitig zur Seite über die Leitplanke springen und sich so in Sicherheit bringen, bevor Krawinkel mit einem Höllenknall gegen den Polizeiwagen prallte und im Anschluss mit seiner Maschine im hohen Bogen über die Fahrzeuge hinwegkatapultiert wurde.

Maria stoppte kurz darauf in sicherer Entfernung, sprang aus dem Wagen und rannte der Barriere entgegen, wo bereits zwei Kollegen mit Feuerlöschern den entstandenen Brand am Polizeiwagen bekämpften. Sie zwängte sich daran vorbei und sah etwas weiter hinten Krawinkel auf dem Asphalt liegen, dessen Arme und Beine in unnatürlichem Winkel abstanden. Als sie näherkam, sah sie die Blutlache, die sich unter ihm langsam vergrößerte. Wie verzweifelt musste er gewesen sein?, schoss es ihr durch den Kopf. War das wirklich der einzige Ausweg?

»Nichts mehr zu machen«, sagte ihr der Beamte, der als erster bei Krawinkel angekommen war. Maria schaute in das Gesicht des Mannes – vielmehr in das, was davon noch übrig war – legte den Finger an seine blutüberströmte Halsschlagader und nickte.

»Der hat´s hinter sich.« Sie wandte sich von der Leiche und ihrem Kollegen ab und schluckte. Dann informierte sie über Sebastian den Rest des Teams.

***

»Das ist mir völlig egal. Sucht weiter!« Sie knallte den Hörer auf die Ladestation.

»Was ist los?« Selten hatte Goselüschen seine Kollegin so ungehalten erlebt wie in diesem Moment.

»Sie meinen, die Hunde konnten nichts finden.«

»Na, die suchen doch schon wie lange – zwei, drei oder wie viele Stunden das Gelände ab? Wenn dort etwas wäre, hätten sie es sicher bereits gefunden.«

»Und wenn sie das ganze Gelände umgraben, den Teich trockenlegen und den Wald abholzen. Solange wir nichts von den Jungs finden, gebe ich nicht auf.« Goselüschen seufzte.

»Sie machen ihren Job, genau wie wir. Und wir können nicht ausschließen, dass er die Jungs woanders beseitigt hat.«

»Ich weiß es«, fuhr sie ihn an. Goselüschen atmete tief durch.

»Du darfst das nicht zu nah an dich ranlassen, sonst gehst du kaputt.« Sie wandte den Kopf ab und schaute aus dem Fenster, von wo aus sie gerade einen wenig idyllischen Blick auf einen Baukran hatten. »Außerdem besteht nach wie vor die Chance, dass sie noch leben.«

»Wir waren zu langsam. Einfach zu langsam.«

»Wir haben das getan, was wir tun konnten. Es gibt einfach Dinge, die nicht in unserer Hand liegen.« Abrupt stand sie auf und verließ wortlos das Büro. Goselüschen dachte kurz daran, sie aufzuhalten, ließ sie dann jedoch ziehen. Bevor er sich weitere Gedanken darüber machen konnte, betrat Waldner das Büro.

»Was ist mit Maria los? Die ist gerade über den Flur gefegt, als wäre der Teufel höchstpersönlich hinter ihr her.« Goselüschen zuckte mit den Schultern.

»Das alles nimmt sie sehr mit. Ist immer so, wenn es sich um Kinder handelt.«

»Verstehe.« Er zog sich einen Stuhl heran, drehte ihn um und setzte sich verkehrt herum darauf. »Habt ihr schon was Neues erfahren?«

»Nein, weder die Spurensicherung noch die Hunde haben bei der Hütte auch nur den kleinsten Hinweis auf die Jungs gefunden.«

»Hm, gar nichts? In seiner Wohnung auch nicht?«

»Fehlanzeige. Aber der Typ scheint einen Putzfimmel zu haben. Falls er sie dort hatte, ist es vorstellbar, dass er tatsächlich alle Spuren beseitigt hat.«

»Sein Auto?«

»Wie frisch nach einer Aufbereitung. Selbst von ihm wurde außer ein paar Haaren an der Kopfstütze nichts sichergestellt. Und laut Spurensicherung mussten sie auch danach gut suchen.«

»Dafür hat er bei seinem Abgang eine ganz schöne Sauerei hinterlassen.«

»Nichts, was man nicht mit einem Wasserschlauch in wenigen Minuten beseitigen könnte«, sagte Goselüschen und legte einen Aktenordner zur Seite.

»Wir sind schon etwas widerlich, oder?«

»Etwas.«

***

Maria krallte sich am Lenkrad fest. Sie hatte Aurich verlassen und fuhr ziellos umher. Nachdenken, sie musste nachdenken.

Ursprünglich wollte sie nach Bensersiel fahren und sich erneut auf dem Spielplatz umsehen, ob ihr irgendetwas entgangen war. Sie konnte nicht akzeptieren, dass sie die Jungs verloren hatten. Doch auf halber Strecke bog sie nach Westen ab und folgte dem Straßenverlauf, ließ sich einfach treiben.

Das Klingeln des Smartphones riss sie aus ihren Gedanken. Unterdrückte Nummer, sah sie bei einem Blick auf das Display. Gut, dann ist es wenigstens keiner von der Dienststelle, dachte sie grimmig, denn ihre Kollegen sollten sie jetzt einfach in Ruhe lassen. Sie zögerte einen Moment, das Gespräch anzunehmen. Ihr war momentan überhaupt nicht nach Konversation zu Mute – mit wem auch immer. Dennoch drückte sie auf das grüne Telefonsymbol.

»Fortmann«, sagte sie über die Freisprechanlage.

»Hallo Maria, es freut mich, Ihre Stimme zu hören. Ich hatte es bereits erfolglos bei Ihnen zu Hause versucht«, antwortete eine ihr bekannte Männerstimme. Zuordnen konnte sie sie jedoch nicht.

»Schön, mit wem spreche ich?«, erwiderte sie knapp und bereute bereits, das Telefonat angenommen zu haben.

»Wir haben uns nur einmal flüchtig getroffen, zugegeben unter unglücklichen Umständen«, sagte er und ließ ein leises Kichern folgen.

»Sind wir beim Quizduell oder was? Sagen Sie mir Ihren Namen oder lassen Sie mich in Ruhe.« Der Anrufer lachte, was Marias Geduld weiter strapazierte.

»Sie kennen mich unter dem Namen Igor. Bitte legen Sie nicht auf.« Maria spürte einen Stich in der Herzgegend. Mit einem Schlag wusste sie, woher sie die Stimme kannte. Die Stimme des Mannes, der sie kaltlächelnd hätte töten lassen, wenn ihr damaliger Freund

Kurt Stohmann nicht im letzten Moment Skrupel bekommen und rettend eingegriffen hätte. Die Stimme des Mannes, der für die Selbstjustizorganisation die Überwachungs- und Recherchearbeit besorgte, damit ein weiteres Mitglied des Syndikats die Drecksarbeit erledigen konnte. Monatelang hatte es ihr damals zu schaffen gemacht: Sie lebte in Angst um ihre Familie und wäre um ein Haar dem Alkoholismus verfallen. Und jetzt, gerade jetzt erdreistete sich dieser Mistkerl, sie anzurufen!

»Was wollen Sie von mir, Sie Hurensohn?« Sie war versucht, das Gespräch sofort zu beenden, doch die Neugier siegte.

»Ich weiß, dass wir einen schlechten Start hatten. Und glauben Sie mir, ich bin im Nachhinein mehr als froh darüber, dass Sie damals überlebt haben.«

»Ach ja? Komm zur Sache, Arschloch«, fiel sie ihm ins Wort.

»Keine Sorge, dazu komme ich gleich.« Er räusperte sich. »Es hat mit Ihrem aktuellen Fall zu tun, mit den vermissten Jungs.«

»Was wissen Sie davon?«, schrie sie fast.

»Darüber weiß ich nichts, aber –.«

»Und was wollen Sie dann? Haben Sie mich im TV gesehen und dachten sich: Ach, die gute Maria kann ich mal wieder anrufen, der alten Zeiten wegen?«

»Es geht um den Mann, der heute bei Ihrem Einsatz umgekommen ist, Ihren Hauptverdächtigen.« Mit diesem Knopf, den er gedrückt hatte, traf er direkt ins Schwarze. Maria wurde sofort hellhörig.

»Was ist mit ihm?«

»Was mit ihm ist, kann ich Ihnen nicht sagen, aber was mit ihm war.« Sie hörte Igor husten, genervt trommelte sie mit den Fingern der rechten Hand auf der Abdeckung der Mittelkonsole. »Walter Krawinkel gehörte zu den ersten Verdächtigen, die damals von der Institution unter die Lupe genommen worden sind.«

»Ja, und er ist ja auch für 5 Jahre verknackt worden, was ihr mit euren kranken Gehirnen als ausreichend erachtet und ihn deswegen nicht um die Ecke gebracht habt.« Nach einer Pause erwiderte Igor:

»Maria, Sie sollten wissen, dass ich nicht für die Entscheidungen zuständig gewesen bin, sondern ausschließlich für die Informationsbeschaffung. Aber lassen wir das. Zu Krawinkel: Die Zeugenaussagen damals waren recht widersprüchlich und er selbst hat stets seine Unschuld beteuert. Er –.«

»Auf seinem Computer wurde einschlägiges Material gefunden.«

»Das ist richtig. Nur haben Sie sich mal die Akte angesehen, wann es gefunden wurde?« Maria kramte in ihrem Gedächtnis, doch auf solche Details hatte sie nicht geachtet, als sie sich mit dem alten Fall beschäftigt hatte.

»Nein«, antwortete sie knapp.

»Gut, ich will Sie nicht weiter auf die Folter spannen. Weder die Spurensicherung noch ich mit meinen Mitteln konnte damals eindeutige Beweise finden. Die Kinderpornos spielte einer der ermittelnden Kollegen von Ihnen auf Krawinkels Rechner. Er arbeitete ebenfalls für die Organisation und war, sagen wir mal, etwas übereifrig.«

»Was wollen Sie mir damit sagen? Krawinkel saß unschuldig im Knast?« Obwohl das Gefühl der ohnmächtigen Wut in ihr hochstieg, von dem sie seinerzeit beherrscht wurde, begannen ihre Neuronen, die neuen Informationen zu verknüpfen und die Neugierde wuchs massiv an.

»Das, meine Liebe, kann ich nicht mit Gewissheit sagen. Was ich jedoch sicher weiß, ist, dass er ohne das Unterschieben der Dateien und der, sagen wir mal, subtilen Beeinflussung des Hauptopfers – der ermittelnde Beamte damals war übrigens mit dessen Familie befreundet – auf keinen Fall rechtskräftig verurteilt worden wäre. Ein pikantes Zusatzdetail dürfte sein, dass jemand, der dem Cop nahestand, eine alte Rechnung mit Krawinkel offen hatte. Kurzum, nach allem, was ich weiß, wurde er Opfer eines privaten Rachefeldzuges Ihres Kollegen.« Maria schluckte und wusste im ersten Moment nicht, was sie dazu sagen sollte. Würde es sich zugetragen haben, wie Igor behauptete, hätten sie einen Unschuldigen in den Freitod getrieben. Dazu käme, dass sie in Bezug auf die Entführung der Jungs komplett von vorn beginnen müssten.

»Warum haben Sie und die verdammte Organisation zugelassen, dass er verurteilt wurde?« Sie hörte Igor am anderen Ende der Leitung seufzen.

»Sie wissen doch selbst, wie es gelaufen ist. Glauben Sie wirklich, die wären aus ihrer Deckung gekommen, um ein falsches Urteil zu verhindern? Die sagten sich, dass Krawinkel die fünf Jahre nicht umbringen würden, und gingen zur Tagesordnung über. Der Cop wurde natürlich mit den Ihnen bekannten Auflagen aus der Organisation ausgeschlossen.« Auflagen, ganz genau.

Drohungen waren es, die darin bestanden, dass Familienangehörige ermordet würden, sollte man auch nur ein falsches Wort sagen. Abermals erschauderte sie, als sie an die schlimme Zeit zurückdachte.

»Und jetzt sagen Sie mir, Arschloch, warum ich Ihnen auch nur ein Wort davon glauben sollte?« Sie vernahm ein gequältes Geräusch von Igor. Hätte sie in diesem Augenblick gewusst, dass er sich damals – auf eine etwas gestörte Art und Weise – in sie verliebt hatte und sich in der Zeit danach immer wieder über sie informierte und ihren beruflichen wie privaten Weg verfolgte, hätte sie keinen Zweifel daran gehabt.

»Nun, beantworten Sie sich selbst eine einzige Frage: Haben Sie in Krawinkels Wohnung, der Hütte, seinem Wagen, an seinem Motorrad oder an seiner Kleidung auch nur einen noch so kleinen Hinweis auf die Jungen gefunden?« Er ließ es wirken, bevor er weitersprach. »Ich weiß es nicht, aber ich vermute stark, dass Sie gar nichts haben. Und ich prophezeie Ihnen, dass Sie auch weiterhin nichts finden werden. Der arme Kerl war höchstwahrscheinlich nur zur falschen Zeit am falschen Ort.« Und ihm war klar, dass er auf dem Spielplatz gesehen worden sein könnte. Er tauchte sicherheitshalber unter, verfolgte die Fahndung über Facebook und das Fernsehen, folgerte Maria gedanklich. Ihm war klar, dass niemand ihm glauben würde, schließlich war er bereits einmal reingelegt worden. Dann erpresst er die Eltern um ein vergleichsweise geringes Lösegeld, versucht damit, ins Ausland zu verduften, und als er merkt, dass er in der Falle sitzt, gibt er auf und begeht Suizid. Verdammt nochmal, das war durchaus nachvollziehbar.

»Okay, nur mal angenommen, ich glaube Ihnen, was können Sie mir über den Verbleib der Jungs sagen?«

»Tut mir ehrlich leid, Maria, aber darüber weiß ich wirklich nichts. Ich wollte nur darauf hinweisen, dass der wahre Täter meiner Meinung nach noch frei herumläuft und andere kleine blonde Jungs somit immer noch in Gefahr sind.«

»Sie konnten doch für die Organisation immer alles herausfinden. Warum nicht diesmal? Schließlich geht es um Kindesmissbrauch und das war damals das primäre Anliegen Ihrer Verbrechergesellschaft.« Igor lachte leise.

»Zum einen bin ich seit unserer Begegnung nicht mehr in dieser Branche unterwegs und zum anderen sind mir persönlich die Kinder egal. Ich machte immer nur meinen Job. In diesem Fall war ich der Meinung, ich wäre Ihnen etwas schuldig, daher mein Anruf. Und ich hoffe inständig für Sie, dass meine Informationen Ihnen helfen werden, den wirklichen Täter einzukassieren.«

»Sie brauchen nicht zu glauben, dass wir damit quitt wären. Sollten Sie mir irgendwann über den Weg laufen, verfrachte ich Ihren Arsch direkt in den Knast.« Ohne seine Reaktion abzuwarten, beendete sie das Gespräch.

Kapitel 10

Wie von Igor vorausgesagt konnte die Spurensicherung keine verwertbaren Indizien finden, die den Aufenthalt der Jungen bestätigen würden.

»Wir werden mit den Eltern reden müssen.« Maria nickte zustimmend, doch gedanklich hing sie immer noch dem Telefonat mit Igor nach. Aufgewühlt von dem Wiederhören mit diesem Scheusal war sie noch einige Zeit planlos durch Ostfriesland gefahren, bis sie sich schließlich gefangen hatte und zur Dienststelle zurückkehrte.

Goselüschen hatte darauf verzichtet, zu hinterfragen, warum sie wegegewesen und wohin sie gefahren war, und sie bisher darauf, ihn von diesem Telefonat zu berichten. Über eine Stunde saßen sie sich wortlos hinter ihren Schreibtischen gegenüber, jeder in eine andere Akte vertieft. Doch die Zeit arbeitete gegen sie und vor allem gegen Julian und Hannes. Es war bereits später Nachmittag und sämtliche Suchaktionen waren vor kurzem erfolglos eingestellt worden. Das den Eltern zu sagen empfand sie schlimmer, als jemandem die Nachricht vom Tod eines Angehörigen zu überbringen. Aber über kurz oder lang musste das jemand übernehmen, genau so, wie sie jetzt endlich über ihren Schatten springen und Goselüschen von Igor und seinen Behauptungen erzählen musste.

»Ich hatte vorhin einen Anruf.«

»Worum ging´s?«, fragte er beiläufig, ohne hochzuschauen. In wenigen Sätzen fasste sie die Informationen zusammen, die Igor ihr mitgeteilt hatte. Goselü-schens Kinnlade fiel herunter und jetzt sah er sie mit nach oben gezogenen Augenbrauen an.

»... und dann hab ich ihm gesagt, er soll sich verpissen«, schloss sie ihre Ausführungen.

»Was?«, fragte Goselüschen verdattert.

»Muss ich es nochmal wiederholen?«

»Äh, nein«, entgegnete er. »Ich war nur etwas überrumpelt von diesen Neuigkeiten.«

»Dann kannst du dir vorstellen, wie es mir ergangen ist. Ich hätte fast einen Herzinfarkt bekommen.«

»Bei deinem Sportlerherz eher nicht. Aber nochmal: Was? Ich meine, glaubst du ihm?« Maria zuckte mit den Schultern.

»Ich habe mir gerade nochmal die alte Akte vom Krawinkel vorgenommen. Die Notizen decken sich mit seinen Behauptungen.«

»Sollte da etwas dran sein, müssen wir komplett umdenken.« Goselüschen massierte seine Schläfen. »Also, was meinst du?«

Ihre Überlegungen wurden von Waldner gestört, der unvermittelt ins Büro stürmte.

»Kommt mit, einer der Jungen wurde gefunden.«

***

Hannes begriff nicht, was passierte. Er hockte vor einem Berg von Geschenken und die Frau hinter ihm wiederholte zum dritten Mal, dass er anfangen sollte, sie auszupacken.

»Aber ich hab doch gar nicht Geburtstag. Der war doch schon.« Er begann zu weinen. Wann würden endlich Mama und Papa kommen und ihn abholen?

»Du sollst deine Geburtstagsgeschenke auspacken, Max!«, herrschte sie ihn an.

»Ich heiße aber Hannes.« Er quiekte auf, als sie ihn unter den Achseln packte, hochriss und ihn kräftig schüttelte.

»Hör auf damit, Max! Oder du wirst wieder bestraft!« Hannes schluckte einen Schrei hinunter und zitterte am ganzen Körper. Nur zu gut waren ihm noch die Schläge in Erinnerung, die er sich gestern vor dem Essen eingefangen hatte, weil er ihr sagte, dass er nicht Max wäre. Die Tränen liefen ihm über die Wangen und der Rotz hing unter seiner Nase.

»Ich möchte jetzt auspacken«, flüsterte er und hoffte, dass sie das hören wollte. Das eben noch zu einer grotesken Maske verzerrte Gesicht der Frau wandelte sich in ein warmes Lächeln. Sie setzte ihn ab und zog ein Taschentuch hervor, mit dem sie den Schnodder abwischte. Sie tätschelte ihm den Kopf.

»Dann mach, ich bin schon so aufgeregt, ob dir die Sachen gefallen.« Sie gab ihm einen kleinen Schubs und gluckste. Hannes ließ sich auf die Knie fallen, griff nach dem größten Päckchen und begann, das bunte Geschenkpapier zu zerreißen. Er strengte sich an, nicht mehr zu weinen.

***

Die Nachricht traf sie wie ein Blitz aus heiterem Himmel. Auf dem Weg zum Wagen hatte Waldner ihnen berichtet, dass Spaziergänger im Rüstringer Stadtpark in Wilhelmshaven vor wenigen Stunden einen apathisch wirkenden, kleinen Jungen gefunden hatten, der im Schutz einer Rhododendronhecke auf dem Boden kauerte. Die herbeigerufenen Rettungskräfte hatten das verstörte Kind ins städtische Krankenhaus gebracht, wo einer Krankenschwester sofort die Ähnlichkeit mit einem der vermissten Kinder aufgefallen war. Noch bevor ein Arzt den Jungen untersuchen konnte, hatte sie es der Polizei gemeldet.

Die Wilhelmshavener Kollegen handelten gedankenschnell und verständigten sofort die Auricher Dienststelle, und nachdem sie ihnen ein Foto des gefundenen Jungen geschickt hatte, informierte Maria sofort Ellen Grundmann und bot ihr an, sie dorthin mitzunehmen. Sie war außer sich vor Aufregung und wollte nicht auf Maria warten. Sie fuhr mit dem eigenen Wagen zum Krankenhaus, um endlich ihren Julian wieder in die Arme schließen zu können.

Kurz nach der Mutter trafen Maria und Goselüschen in der Ambulanz ein. Obwohl sie Julian bisher nur auf zwei Fotos gesehen hatten, seine Haare zerzaust waren und sein Gesicht zerkratzt und verschmutzt, genau wie seine Kleidung, erkannten sie ihn.

Julian saß auf einem Stuhl und starrte mit gläsernem Blick an seiner Mutter vorbei, die vor ihm kniete und seine Hand festhielt.

»Hallo, Frau Grundmann, hallo Julian«, sagte Maria mit sanfter Stimme. Ellen Grundmann sah zu ihr hoch und lächelte. Auch sie machte nach wie vor einen mitgenommenen Eindruck, doch allein dieses Lächeln zeigte, wie glücklich sie war. »Ich freu mich, dass Sie sich wiederhaben.« Die Mutter nickte, erhob sich, ohne die Hand ihres Sohnes loszulassen, und wandte sich den Kommissaren zu.

»Danke.«

»Haben Sie schon mit dem Arzt gesprochen?«

»Ja.«

»Und?« Maria schluckte in Erwartung dessen, was ihr die Mutter gleich oder der Arzt ihr später erzählen würde, sollte Frau Grundmann nicht mit ihr reden wollen. Zu ihrer Überraschung dehnte sich das Lächeln auf dem Gesicht der Frau im Jogginganzug aus.

»Fragen Sie ihn bitte selbst. Da vorn ist er.« Sie deutete an ihnen vorbei auf einen jungen Mann in einem weißen Kittel, der sich gerade mit einer medizinischen Fachangestellten unterhielt.

»Machen wir, danke.« Mit einem Kopfnicken bedeutete sie Goselüschen, das zu übernehmen. »Frau Grundmann, was meinen Sie, kann ich Julian ein paar Fragen stellen?« Das breite Lächeln veränderte sich zu einem fast mitleidigen Gesichtsausdruck, der von einem leichten Kopfschütteln unterstrichen wurde.

»Frau Fortmann, Sie wissen doch, dass Julian Autist ist. Er wird Ihnen nichts sagen – nichts sagen können. Er redet so gut wie nie. Und wenn doch, weiß meistens sogar ich nicht mal, was er mir damit sagen will. Tut mir leid.« Sie wandte Maria den Rücken zu, hockte sich wieder zu ihrem Sohn hinunter und summte ein Lied, während sie über seinen Handrücken streichelte. Die Kommissarin seufzte. Das wäre auch zu einfach gewesen. Sie schritt zur Anmeldung und fragte die Arzthelferin, wo sie den Arzt und ihren Kollegen finden würde.

»Sie sind im Untersuchungsraum 2, gleich dort.«

»Danke«, sagte Maria. Sie ging über den Flur, klopfte an die Tür und trat ein.

»Das ist Maria Fortmann, meine Kollegin«, erklärte Goselüschen dem Mediziner und fügte in Richtung seiner Kollegin an: »Ihm fehlt körperlich nichts, außer den Kratzern im Gesicht. Er konnte keine Hinweise auf sexuelle Handlungen feststellen.« Maria atmete erleichtert aus.

»Richtig«, bestätigte der Arzt. »Julian ist etwas schwach, leicht dehydriert. Vermutlich hat er die ganze Nacht dort verbracht und ist daher sicher hungrig. Er hatte Glück, dass wir gerade eine Hitzewelle haben, sonst wäre sicher noch eine Unterkühlung hinzugekommen.« Das waren schonmal gute Nachrichten, nahm sie beruhigt zur Kenntnis.

»Und die Kratzer?«

»Die sind nur oberflächlich, vermutlich von den Dornen der Zweige. Von Fremdeinwirkung gehe ich jedenfalls nicht aus. Wie es allerdings in dem Jungen aussieht, können wir nur vermuten. Ich erzähle Ihnen sicher nichts Neues, wenn ich Ihnen sage, dass wir nach Missbrauchsverdacht bei gesunden Kindern Schwierigkeiten haben, an sie heranzukommen. Das gestaltet sich bei einem autistischen Kind vielfach komplizierter.«

»Das habe ich befürchtet.«

»Ich kann Ihnen nur empfehlen, es in Zusammenarbeit mit seiner Mutter zu probieren. Möglicherweise kann auch eine Psychologin helfen aber ehrlich gesagt, ist das weit ab von meinem Fachgebiet.« Er hob entschuldigend die Hände.

»Das Problem haben wir auch. Trotzdem danke, Doc.«

»Jederzeit. Klingeln Sie einfach durch, falls Sie noch Fragen haben.«

Im Wartezimmer waren die Grundmanns gerade im Begriff zu gehen. Maria schloss zu ihnen auf.

»Einen Moment bitte. Wo können wir Sie erreichen?« Ellen Grundmann blieb stehen und überlegte.

»Bis morgen Nachmittag bleiben wir sicher auf dem Campingplatz. Dann werden wir wahrscheinlich nach Hause fahren. Ich muss sehen, wie das geht mit Julian ...«

»Okay, Frau Grundmann. Wir melden uns bei Ihnen.« Sie nickte und ging mit Julian an der Hand vor ihnen her, wobei der Junge nur zögerlich folgte.

***

Zurück in der Dienststelle teilte ihnen eine Kollegin mit, dass bereits jemand im Büro auf sie warten würde.

»Danke, Tanja«, sagte Maria und wechselte einen Blick mit Goselüschen. Der rollte mit den Augen und stöhnte leise. Da haben wir wohl dieselbe Vermutung, dachte sie und wenig überraschend trafen sie auf das Ehepaar Berger, das auf den Stühlen vor ihren Schreibtischen Platz genommen hatte.

»Wir haben das mit dem anderen Jungen gehört«, polterte Ingo Berger los, kaum dass sie durch die Tür traten. »Heißt das, Hannes läuft jetzt auch irgendwo herum?«

»Hallo, Frau Berger, hallo, Herr Berger.« Maria war bemüht, von Anfang an keine falschen Erwartungen zu schüren. »Im Moment können wir Ihnen dazu nichts sagen. Und das liegt nicht daran, dass wir Sie schonen wollen, sondern einzig und allein daran, dass wir es noch nicht wissen.«

»Was soll das heißen? Sie brauchen den Jungen doch nur zu befragen. Sicher hat er seinen Entführer gesehen und kann vielleicht sogar sagen, wo er ihn festgehalten hat. Und ob Hannes auch da war.« Maria wunderte sich nicht über den Informationsstand des Ehepaares, da bereits mehrfach im Radio durchgesagt wurde, dass einer der beiden vermissten Jungen in Wilhelmshaven aufgefunden worden war.

»Der Junge, Julian, leidet unter frühkindlichem Autismus«, schaltete sich Goselüschen ein. »Falls Sie diese Krankheit nicht kennen, kläre ich Sie gerne dahingehend auf, dass er uns möglicherweise überhaupt nichts mitteilen wird – selbst, wenn er seinen Entführer genau gesehen hat.«

»Ich weiß, dass er Autist ist. Das hat Ihre Kollegin auf der Pressekonferenz ja mehrfach betont. Aber was heißt das? *Rain Man* und *Sheldon Cooper* sind auch autistisch und können sprechen. Die sind doch schließlich immer hochbegabt, oder nicht?«, schnaubte er.

»Wir sind keine Mediziner, Herr Berger«, antwortete Maria, »aber Autismus umfasst ein riesiges Spektrum und der Intelligenzgrad der Betroffenen kann beträchtlich schwanken, wie bei gesunden Menschen auch. Das können Sie bei Wikipedia nachlesen. Aber natürlich«, beschwichtigte sie und sah dabei Nathalie Berger an, die wieder zusammengekauert neben ihrem Mann saß und auf ihre Hände guckte, » versuchen wir schnellstmöglich, an ihn ranzukommen und alles aus ihm herauszubekommen, was geht.«

»Was bislang ja nicht sonderlich viel ist.«

»Wir haben selbst erst vorhin davon erfahren und kommen gerade aus dem Krankenhaus zurück, in dem Julian untersucht wurde. Von daher lege ich Ihnen ans Herz – auch wenn es Ihnen schwerfällt – fahren Sie in Ihr Apartment zurück oder gehen Sie einen Kaffee trinken und lassen Sie uns unsere Arbeit machen.« Goselüschen hielt dem zornigen Blick Bergers stand, der plötzlich aufstand und sich zum Gehen wandte.

»Komm«, sagte er und Nathalie Berger folgte ihm sofort. Maria sah ihnen nachdenklich hinterher. »Hier wird nichts für uns und Hannes getan.« Die Kommissare sahen den verzweifelten Eheleuten hinterher. Sie zuckten kurz, als Ingo Berger krachend die Tür ins Schloss fallen ließ.

»Auch wenn sie eine harte Zeit durchmachen: Sie geben wirklich ein seltsames Paar ab.«

»In der Tat«, stimmte Goselüschen zu. »Aber da wir keine Paartherapeuten sind, sollte uns das nicht kümmern. Also, was haben wir?«

»Hoffnung, das ist momentan das Wichtigste. Aber das meinst du natürlich nicht.« Sie griff zum Telefonhörer und wenige Minuten später kamen ihre Kollegen Waldner und Sebastian hinzu und verteilten sich im Büro.

»So, Leute, Brainstorming ist angesagt«, begann Goselüschen. »Wir haben zwei äußerlich sehr ähnliche Jungs im selben Alter. Die Entführungen liefen nach demselben Muster ab. Unser Hauptverdächtiger nimmt sich selbst hops und wir finden keinerlei Hinweise darauf, dass er die Kinder bei sich hatte, weder zu Hause noch im Wagen oder in seinem Unterschlupf.« Maria schaltete sich ein und brachte Sebastian und Waldner in einer Kurzversion auf den aktuellen Stand, was den Anruf Igors betraf.

»Die ganze Story erzähle ich euch vielleicht später, im Moment ist das unwichtig.«

»Die Suche nach den Jungs, beziehungsweise jetzt nach Hannes, verläuft ergebnislos. Und dann taucht Julian mehr oder weniger unversehrt in einem Park in Wilhelmshaven auf«, fuhr Goselüschen fort.

»Es deutet zwar alles darauf hin, aber wir können nicht mit Gewissheit sagen, dass die beiden Fälle miteinander zusammenhängen. Auch wenn mir persönlich die Fantasie für zwei unabhängige Taten fehlt«, warf Waldner ein.

»Wir schließen im Moment nichts aus«, erklärte Maria. »Aber lass uns erstmal voraussetzen, dass es derselbe Täter ist.« Waldner nickte und die anderen stimmten ebenfalls murmelnd zu.

»Allein wird Julian nicht von Bensersiel nach Wilhelmshaven gelaufen sein«, sagte Sebastian. »Also ist er entweder unterwegs abgehauen oder er wurde dort ausgesetzt.«

»Nach dem was uns die Mutter bezüglich seines Krankheitsbildes erklärt hat und danach, was ich darüber nachgelesen habe, können wir eine eigenständige Flucht beiseiteschieben.« Maria blickte in die Runde. »Warum wurde er ausgesetzt?«

»Ich stelle mir eher die Frage, warum sie entführt wurden«, sagte Goselüschen. »Für Hannes gab es eine Lösegeldforderung. Allerdings wissen wir ja jetzt, dass die von Krawinkel kam, der aber in unserem momentanen Gedankenmodell nichts mit dem Verschwinden der Jungs zu tun hatte. Demnach kann Lösegeldforderung nach hinten auf die Liste.«

»Kinderhandel?«, warf Sebastian ein.

»Gut möglich, dass kleine blonde Jungs dabei einen hohen Beliebtheitswert genießen«, mutmaßte Goselüschen. »Aber warum lassen die Julian dann wieder laufen?«

»Weil er durch seine Erkrankung vielleicht keinen guten Preis einbringt und sie die anfangs nicht bemerkt haben.«

»Guter Einwand, Kalle, aber wenn ich Kinderhändler bin und merke, dass ich beschädigte Ware habe – das beschädigt bitte in Anführungszeichen denken – warum gehe ich dann das Risiko ein, dass er mich identifizieren könnte? Meinst du nicht, dass sie ihn dann eher unauffällig entsorgt hätten?« Maria spürte förmlich, wie die Rädchen in Waldners Kopf arbeiteten.

»Doch«, stimmte er nach einem Moment zu. »Also können wir das ebenfalls nach unten schieben.«

»Wäre unter diesen Umständen sexueller Missbrauch nicht auch unwahrscheinlich?« Die Blicke der anderen fixierten Sebastian. »Wenn ich einen Jungen deshalb entführe, will ich doch auch nicht, dass er mich wiedererkennen kann, oder?«

»Prinzipiell hast du recht. Der entscheidende Unterschied dabei ist, dass Menschenhändler innerhalb einer mafiösen Struktur agieren und es denen ausschließlich um die Kohle geht. Die machen keine Faxen. Der Pädophile hingegen ist selbst krank und braucht die

Kinder, um seinen Druck loszuwerden. Anfangs reichen Kinderpornos, doch mit dem ersten realen Opfer lecken sie Blut.« Maria atmete tief durch, bevor sie fortfuhr. »Daher ist es durchaus vorstellbar, dass Julian mit seiner Erkrankung, durch die sein Wesen eher passiv geprägt wird, den Täter nicht oder nicht ausreichend stimuliert hat. Da er aber unter unerträglichem Druck steht, sucht er am nächsten Tag ein neues Opfer. Und Pädophile töten sehr selten. Sie mögen die Kinder, wenn auch auf eine perverse Art.«

»Also bleibt der Punkt oben auf der Liste?«

»Ja, unbedingt Basti«, bestätigte Goselüschen, der den Ausführungen Marias nichts hinzuzufügen hatte.

»Da bei Julian keine sexuellen Handlungen nachgewiesen wurden, dürfen wir trotzdem nicht außer acht lassen, dass der Antrieb zu den Entführungen möglicherweise ein anderer war.« Jetzt war es Waldner, der tief einatmete und geräuschvoll die Luft aus der Lunge strömen ließ. »Bleiben also noch Paare oder Frauen mit unerfülltem Kinderwunsch. Wäre nicht das erste Mal, dass aus diesem Grund Kinder verschwinden.«

»Stimme dir zu«, sagte Goselüschen. »Aber in diesen Fällen handelt es sich fast immer um Säuglinge. Ältere Kinder bilden dabei die Ausnahme.«

»Richtig, aber es passiert. Und dazu passt auch, dass Julian nichts zugestoßen ist. Diese Leute sind zwar auch krank, aber in diesem Zusammenhang kommt es nun mal höchst selten zu Tötungsdelikten.« Jetzt räusperte sich Sebastian.

»Habt ihr mal die Möglichkeit in Betracht gezogen, dass die Entführung Julians nur stattgefunden hat, um

Verwirrung zu stiften?« Goselüschen blickte ihn fragend an.

»Im Augenblick verwirrst nur du mich. Wie meinst du das?«

»Nun, nehmen wir mal an, jemand hat es auf Hannes abgesehen. Jemand, der ihn vielleicht sogar gut kennt und den man schnell mit ihm und seinen Eltern in Verbindung bringen könnte. Er entführt tags zuvor einen anderen, sehr ähnlichen Jungen, lässt diesen schnell wieder weit entfernt frei und schlägt dann zügig bei Hannes zu. Er könnte es darauf angelegt haben, dass wir die beiden Fälle im Zusammenhang sehen, obwohl es aber eigentlich nur um Hannes geht.«

»Interessante Variante«, sagte Maria. »Was mich daran stört, ist, dass niemand vorhersehen konnte, dass die Bergers ihren Sohn allein auf dem Karussell lassen.«

»Das sehe ich wie Maria«, sagte Goselüschen. »Andererseits könnte ich mir vorstellen, dass es auf so einer Veranstaltung immer wieder Situationen gibt, wo man das durchziehen kann. Wir haben ja auf dem Überwachungsvideo der Bank gesehen, dass höchstens dreißig Sekunden zwischen dem Verschwinden von Hannes und der Rückkehr seiner Eltern am Karussell lagen.«

»Die Bergers haben Geld, richtig?«

»Jo, Kalle, nach eigener Aussage scheinbar sackweise«, antwortete Maria.

»Ich weiß, dass es hier nicht nach persönlichen Präferenzen geht, aber ich würde Einiges darauf setzen, dass in den nächsten Tagen eine weitere Lösegeldforderung eingehen wird.«

»Du folgst also Bastis These?«

»Ja, Maria, ich denke, das ist im Moment die beste, die wir haben.«

»Okay, dann werden wir uns sofort um das nähere Umfeld der Bergers kümmern.«

***

Sie trafen Nathalie Berger allein in ihrer Ferienwohnung an. Nachdem sie ihnen einen Kaffee angeboten hatte, den Goselüschen und Maria dankend ablehnten, setzten sie sich um den Esstisch, der in einer Nische des großzügigen Wohnbereichs seinen Platz gefunden hatte.

»Ingo ist vorhin weggegangen. Er braucht frische Luft und Abstand, meinte er«, sagte sie traurig. Maria legte die Hand auf den Unterarm der Frau, deren Augenringe mittlerweile denen von Ellen Grundmann in nichts mehr nachstanden. Kein Wunder, dachte Maria, in so einer unerträglichen Lage. Und wenn dann noch die Hoffnung aufkommt und dann wieder erstickt wird, weil der gefundene Junge nicht ihr Sohn war, verschlimmerte es das Ganze wahrscheinlich um ein Vielfaches.

»Es ist für Sie beide eine schwierige Situation. Frau Berger, fällt Ihnen irgendjemand aus Ihrer Familie oder Ihrem Bekanntenkreis ein, der in letzter Zeit auffällig oft den Kontakt zu Ihnen oder zu Hannes gesucht hat?«

»Warum fragen Sie sowas?« Sie zog ihren Arm unter Marias Hand weg, den sie bis eben noch bereitwillig dort liegengelassen hatte. »Meinen Sie etwa, dass jemand aus unserer Familie oder von unseren Freunden etwas damit zu tun hat? Das ist doch wohl nicht Ihr Ernst?« Die Empörung in ihrer Stimme klang echt.

»Frau Berger, wir schließen grundsätzlich niemals vorab etwas aus«, schaltete Goselüschen sich ein. »Auch wenn Ihnen das jetzt absolut weit hergeholt vorkommen mag. Denken Sie darüber nach. Kennen Sie jemanden in Ihrem Umfeld, der Geldsorgen hat oder der Ihnen ansonsten nicht wohlgesonnen ist? Sprich: Haben Sie oder Ihr Mann Feinde?«

»Das verstehe ich jetzt noch weniger. Wir wurden doch schon erpresst und haben ein Lösegeld bezahlt. Und der Erpresser ist jetzt tot. Oder meinen Sie, er war das gar nicht?« Sie kämpfte mit den Tränen. »Und was meinen Sie mit Feinden? Natürlich nicht. Wir sind eine ganz normale Familie.«

»Doch«, sagte Maria, »das letzte Schreiben kam definitiv von ihm. Wir haben die Zeitungen in seinem Unterschlupf sichergestellt, aus denen der Drohbrief zusammengebastelt wurde.« Maria ignorierte den trotzigen Blick der jungen Mutter. »Frau Berger, wir vermuten, dass die Entführung Julians lediglich von der eigentlichen Tat, der Entführung Ihres Sohnes, ablenken sollte. Daher rechnen wir in den nächsten Stunden oder Tagen mit einer weiteren Forderung.«

»Präzise gesagt rechnen wir nicht damit«, relativierte Goselüschen, »aber wir halten es für ein denkbares Szenario. Und da wir, wie ich anfangs erwähnt habe, nichts im Vorfeld ausschließen, sind wir auf jegliche Mithilfe Ihrerseits angewiesen. Bitte sprechen Sie mit Ihrem Mann darüber, wenn er wieder da ist, und informieren Sie uns umgehend, sollte Ihnen beiden dazu etwas einfallen.«

»Wenn Sie meinen. Aber ich denke nicht, dass dabei etwas herauskommt.«

»Fragen Sie ihn bitte.«

»Na gut. Aber heißt das, Sie suchen nicht mehr nach Hannes, sondern ermitteln nur noch in diese Richtung?«

»Nein, Frau Berger, selbstverständlich ziehen wir nach wie vor verschiedene Möglichkeiten in Betracht und Sie können gewiss sein, dass jeder Polizist entlang der Nordseeküste seine Augen und Ohren nach Ihrem Hannes offenhält.«

»Danke, Herr Goselüschen.« Nathalie Berger brachte sie zur Tür. Maria sah ihr tief in die Augen.

»Sie dürfen die Hoffnung nicht aufgeben!«

»Ich weiß«, erwiderte sie mit dünner Stimme und schloss leise schluchzend die Tür.

***

Langsam gewöhnte sich Hannes an seinen neuen Namen. Obwohl er immer noch bei jedem Geräusch hochschreckte und hoffte, seine Eltern durch die Tür kommen zu sehen, hatte er schmerzhaft gelernt, dass er die Frau nicht verärgern durfte.

Nachdem er sich nicht angemessen über seine Geburtstagsgeschenke gefreut hatte, hatte sie ihn wieder geschlagen. Aber er konnte doch gar nichts dafür, dass er sie blöd fand, und seine Eltern sagten immer, er müsste die Wahrheit sagen.

Doch diese Frau wollte, dass er lügt. Das sagte sie zwar so nicht, aber er merkte es schnell. Und deswegen spielte er jetzt ein Spiel mit sich selbst, das er Lügen-

Max nannte. Das war leichter, als er anfangs gedacht hatte. Er musste einfach immer das Gegenteil von dem sagen oder machen, was er eigentlich tun oder sagen wollte. Genauso war es beim Abendessen. Das Rührei sah eklig aus, es glibberte alles und es roch komisch. Als die Frau ihn fragte, ob es ihm schmeckte, sagte er:

»Ja, sehr gut.« Sie lächelte ihn an. Und er merkte, dass sie auch ein Lächeln von ihm erwartete. Daher zwang er sich zu einem schiefen Grinsen und war froh darüber, dass sie ihn diesmal nicht schlug, sondern ihm lachend den Kopf tätschelte.

Einige Zeit später, er spielte mit einem der Autos, das er geschenkt bekommen hatte – obwohl seine eigenen Spielzeugautos viel cooler waren, aber das sagte er lieber nicht – fragte sie ihn, ob er ins Bett möchte.

»Ja«, log er, denn er wollte nicht in das blöde Bett. Er wollte, dass Mama und Papa ihn endlich nach Hause holen würden. Doch er spielte Lügen-Max.

Kurz vorm Einschlafen kam ihm der Gedanke, dass seine Eltern ihn vielleicht gar nicht mehr haben wollten und der Frau gesagt haben, dass sie ihn vom Karussell einsammeln und mitnehmen sollte. Er fühlte sich so allein. Aber ich habe doch gar nichts Böses gemacht, dachte er weinend und schlief kurz darauf ein.

***

»Was denken sich diese nutzlosen Bullen? Weil sie vor Inkompetenz nur so strotzen, suchen sie jetzt willkürlich ein paar Verdächtige in unserem Umfeld?«

»Deswegen musst du mich doch nicht anschreien«, wimmerte Nathalie Berger und bereute bereits, ihrem

Mann die Bitte der Polizisten ausgerichtet zu haben. »Vielleicht haben sie ja recht.«

»Was für eine gequirlte Scheiße ist das?« Er packte sie an den Schultern.

»Au! Du tust mir weh!«

»Hör zu, Nat, ich weiß, dass es unerträglich ist, aber wahrscheinlich liegt Hannes schon lange irgendwo vergraben in einem Wald.«

»Nein! Warum sagst du sowas?« Sie heulte laut auf und sackte vor ihm zusammen. Er konnte sie gerade noch abfangen, bevor sie mit dem Kopf auf dem gefliesten Boden aufschlug. Er hockte sich zu ihr herunter und nahm sie in den Arm.

»Ich wünsche mir doch auch, dass er noch irgendwo da draußen ist. Lebendig. Mehr als alles andere wünsche ich mir das. Aber du merkst doch, dass die Polizei nur noch blind herumstochert.« Zärtlich strich er ihre strähnigen, von Tränen feuchten Haare aus dem Gesicht. »Ich weiß doch auch nicht, was wir tun sollen.« Erst zögerte sie, dann umschloss sie auch ihn und drückte ihn.

»Wenn wir Hannes nicht zurückbekommen, will ich nicht mehr leben.« Er legte sein Kinn auf ihren Kopf und strich ihr über das Haar.

»Ich weiß, Nat, ich weiß.«

Eine Zeit lang sagten sie nichts, saßen nur engumschlungen weinend auf dem Küchenboden und hielten sich fest. Nach Minuten streckte sie ihren Rumpf durch und sah ihm in die Augen.

»Dann versteh ich nicht, warum du es nicht einmal in Erwägung ziehen willst.« Er seufzte.

»Du hast recht«, sagte er nach einer Weile. »Lass uns überlegen, auf wen es zutreffen könnte.«

Kapitel 11

Drei Tage verstrichen ohne eine weitere Lösegeldforderung, und dass Hannes nicht tot aufgefunden wurde, blieb den Ermittlern und natürlich seinen Eltern als einziger Trost.

Der Aufruf, den die Polizei anfangs auf Facebook gepostet hatte, wurde aktualisiert, nachdem Julian aufgefunden worden war. Die Teilungsrate des Beitrages durch die Nutzer der Social-Media-Plattform blieb stabil, doch die Anzahl der Hinweise sank von Tag zu Tag.

Zwar hatte sich das Ehepaar Berger noch am selben Abend des letzten Gesprächs bei den Kommissaren gemeldet und drei Menschen aus ihrem Umfeld genannt, bei denen sie vermuteten, dass sie in wirtschaftlichen Schwierigkeiten stecken könnten. Dass diese jedoch zu derart kriminellen Machenschaften fähig wären, überstieg ihre Vorstellungskraft.

»Man hört nicht selten von den Nachbarn, dass psychopathische Serienmörder oder perverse Kinderschänder als nett und sympathisch beschrieben werden«, hatte Goselüschen ihnen erklärt. »Und meist sind sie schockiert darüber, über Jahre friedlich neben einem Monster gelebt zu haben.«

Die eingehende Überprüfung der infrage kommenden Personen entpuppte sich jedoch schnell als Sackgasse. Zwei davon befanden sich aktuell selbst im Urlaub fernab Ostfrieslands und der dritte lag seit einer Woche wegen einer Bandscheiben-Operation im Krankenhaus. Da zusätzlich ein weiteres Erpresserschreiben ausgeblieben war, verabschiedete sich das Ermittlerteam langsam von dieser Variante.

Maria zog es in der Magengegend. In wenigen Minuten stand die nächste Besprechung mit den Kollegen an und da sie keine neuen Anhaltspunkte gefunden hatten, ging sie davon aus, dass sie nach einer halben Stunde diskutieren mit denselben leeren Händen dastehen würden, wie zuvor.

Sebastian kam als Letzter, die anderen hatten sich gerade gesetzt. »Eben kam ein Anruf rein«, eröffnete er die Runde. »Eine Inka Kunstheim meinte, Julian in Wittmund gesehen zu haben. Am Tag bevor er im Park gefunden wurde.«

»Sie meint, ihn gesehen zu haben?« Waldner schüttelte den Kopf. »Warum meldet sie sich dann jetzt erst?«

»Und warum in Wittmund? Der Junge wurde in Wilhelmshaven aufgefunden.«

»Das kann sie uns am besten selbst sagen, ich habe sie herbestellt. Sie müsste jeden Moment da sein.«

»Da bin ich ja gespannt«, sagte Waldner und gähnte.

»Wenn sie schon extra herkommt, hat sie vielleicht wirklich etwas gesehen.«

»Mag sein, Maria, oder sie will sich nur wichtig machen«, entgegnete Goselüschen in ähnlichem Ton wie Waldner zuvor. »Aber lassen wir uns überraschen.«

»Leute, es ist ja auch nicht so, dass wir vor Spuren gar nicht wüssten, in welche Richtungen wir ermitteln sollen.«

»Stimmt. Basti hat recht. Wir müssen jeden Strohhalm ergreifen, der an unserer Nase vorbei weht.«

»Sehr floral dargestellt, Maria, da weht doch gleich der Duft von Sommerblumen durch den Raum.«

»Clown gefrühstückt?« Kalle nickte lachend, während er sich mit Goselüschen die Ghettofaust gab.

Es klopfte an der Tür und ihre Kollegin Tanja teilte mit, dass das Team Besuch hätte.

»Danke, Tanja, schick sie rein«, bat Maria. Die Angesprochene drehte den Kopf nach hinten.

»Bitte, Frau Kunstheim.« Sie wich einen Schritt zurück und winkte die Frau in Marias Alter mit einer einladenden Handbewegung heran. Ihrem Kostüm und ihrer perfekt sitzenden Frisur nach zu urteilen, erschien sie wie eine Business-Lady, wenn man denn geneigt war, jemanden in eine Schublade zu stecken, dachte Maria, erhob sich, ging der Frau entgegen und gab ihr die Hand.

»Guten Tag, Frau Kunstheim, nehmen Sie doch Platz.« Sie zog ihr einen Stuhl zurecht. »Mein Name ist Fortmann, das sind meine Kollegen Waldner, Goselüschen und Sebastian.« Sie deutete nacheinander auf die Männer und hoffte, dass der kleine Fauxpas, Sebastian nicht mit seinem Nachnamen vorgestellt zu haben, nicht weiter auffallen würde. Sie lächelte in sich hinein. Zu sehr hatte es sich eingebürgert, ihn mit Basti anzusprechen, sodass sie tatsächlich einen Moment überlegen musste, wie er genau hieß.

Doch niemand außer ihr schien Notiz davon genommen zu haben, jedenfalls fiel dazu kein Wort und nicht einmal Sebastian selbst schien es bemerkt zu haben. Das lag jedoch sicher am attraktiven Erscheinungsbild der Besucherin, mutmaßte sie. Apropos, hat er sich eigentlich schon mit Katja Detersen zu einem

Date verabredet? Sebastians Frage riss sie zum Glück aus ihren abschweifenden Gedanken.

»Wir haben miteinander telefoniert«, sagte er. »Können Sie uns bitte genau sagen, was, wo und wann Sie Julian gesehen haben wollen?« Sie schlug die Beine übereinander und legte die Handflächen aneinander.

»Ja, natürlich. Deswegen bin ich schließlich hergekommen.« Sie lächelte und Maria entging nicht, dass jeder ihrer Kollegen grenzdebil zurück grinste. »Zuerst entschuldige ich mich, dass ich mich erst heute gemeldet habe. Aber Sie wissen sicher selbst, wie die neuen Algorithmen bei Facebook alles durcheinanderbringen. Daher habe ich Ihren Suchaufruf erst vorhin auf meiner Pinnwand gesehen. Das Foto des Jungen hat mich sofort angesprungen.«

Maria zog ein Foto von Hannes hervor, das nicht auf dem Post zu sehen war, und zeigte es der Zeugin.

»Sie sind also sicher, diesen Jungen gesehen zu haben?« Die Angesprochene stutzte.

»Was? Ich, äh, nein, das ist er nicht.« Maria nickte langsam und zog ein anderes Bild hervor, welches diesmal Julian zeigte und ebenfalls nicht öffentlich geteilt worden war.

»Ja. Das ist er«, sagte sie und tippte mit dem Zeigefinger auf das Abbild des Jungen.

»Ganz sicher?«

»Ganz sicher, Frau Fortmann. Ich sehe ihn vor mir, als wäre es fünf Minuten her.« Aus dem Ziehen in Marias Bauch, das sie vorhin gequält hatte, wurde ein Brummen und Summen, als würde ein Schwarm Bienen gerade zum Honigsammeln ausschwärmen.

»Erzählen Sie weiter«, forderte sie die Zeugin auf.

»Ich bin Fotografin, wissen Sie, da hat man ein geschultes Auge. Der Junge ist mir im Wagen neben mir aufgefallen, als ich an der Ampel gewartet habe. Er schaute aus dem Fenster, seine Augen waren leicht verdreht und guckten nach oben, wie man es von Blinden kennt, und er hat sich die ganze Zeit vor- und zurückbewegt, als ob er unter Hospitalismus leiden würde. Ich musste sofort an meinen Sohn denken.« Tränen stiegen ihr in die Augen. Maria zog ein Taschentuch hervor und reichte es ihr. »Danke.« Inka Kunstheim wischte sich über die Augen, wodurch ihr Make-up leicht verschmierte. »Er hatte einen Gehirntumor und sah die letzten Monate vor seinem Tod genauso aus.«

»Das tut mir leid.« Auch die anderen schauten betroffen zu der Fotografin.

»Schon gut, Frau Fortmann, das ist jetzt fünf Jahre her und hat nichts damit zu tun, warum ich hier bin.«

»Haben Sie den Wagen und das Kennzeichen gesehen?«, wollte Goselüschen wissen. Sie räusperte sich.

»Das Kennzeichen nicht, ich bin rechts abgebogen und der andere Wagen ist geradeaus gefahren. Aber es war ein Van.« Sie überlegte kurz. »Grün, meine ich, ich bin mir nicht sicher und die Marke kann ich Ihnen auch nicht sagen – da bin ich ganz Frau und kenne mich nicht aus.« Sie hob entschuldigend die Hände und lachte.

»Kein Problem«, sagte Maria. »Haben Sie den Fahrer gesehen?«

»Die Fahrerin«, berichtigte Inka Kunstheim. »Ich stand allerdings auf der Höhe des Jungen und der saß hinten. Über die Frau kann ich Ihnen lediglich sagen, dass sie ihre Haare nicht kurz trug, sonst hätte sie sich keinen Pferdeschwanz binden können.«

»Wenn Sie uns jetzt noch verraten, wann und wo genau Sie an der Ampel standen, wäre uns sehr geholfen.«

»Natürlich, Herr ... Goselütjen?«

»Goselüschen«, korrigierte er, »aber damit nehme ich es nicht so genau.« Er neigte leicht den Kopf in Sebastians Richtung und schob flüsternd hinterher: »Immerhin habe ich einen.«

Inka Kunstheim konnte fast minutengenau festmachen, wann sie dem Jungen begegnet war, da sie sich auf dem Weg zu einem Kundentermin befand, und da sie zwar nicht gebürtig aus Wittmund stammte, aber schon viele Jahre dort lebte, konnte sie auch die Kreuzung nennen.

»Basti –.«

»Schon klar, Maria«, unterbrach er sie, sprang auf und bewegte sich zur Tür. »Ich checke die Verkehrsüberwachungskameras.« Sie reckte den Daumen nach oben.

»War es das? Ich müsste langsam los, sonst geht die Sonne am Set weg. Wir machen gerade Werbeaufnahmen, verstehen Sie?« Maria nickte und stand auf, während sie locker mit der flachen Hand auf den Tisch schlug.

»Vielen Dank für Ihr Kommen, Sie haben uns sehr geholfen.«

»Das ist doch selbstverständlich«, sagte Inka Kunstheim und Waldner begleitete sie ein Stück den Flur entlang, bis sie die Ausgangstür sehen konnten.

»Von der würde ich mich wohl auch fotografieren lassen«, sagte er, als er zurück im Besprechungsraum war.

»Unterschreibe ich so. Egal, um welche Art von Foto es auch geht.«

»Männer«, sagte Maria und schüttelte lächelnd den Kopf. »Wenn ihr dann eure Testosteronproduktion wieder im Griff habt, könnten wir weitermachen.«

»Na na, nu mal keine sexistischen Äußerungen, bitte. Ich rede ausschließlich vom künstlerischen Element und bin sicher, dass Kalle dasselbe meinte.«

»Selbstredend«, pflichtete er ihm bei.

»Genug davon«, sagte Goselüschen und beendete damit den kleinen Ausflug in die Fantasie der Herren mittleren Alters. »Wenn es sich so verhält, wie Frau Kunstheim sagt, sind wir einen gewaltigen Schritt vorangekommen. Der Zeitpunkt passt, an dem sie den Jungen gesehen haben will.«

»Was meinst du damit?«

»Ganz einfach, Maria.« Er drehte sich zu seinem PC und wenige Sekunden später erschien die Region um Wittmund auf dem Monitor. »Hier ist die Kreuzung.« Er fuhr mit dem Cursor dorthin und bewegte ihn nach rechts. »Und wenn sie hier entlangfährt, ist sie in Richtung Wilhelmshaven unterwegs.«

»Okay«, stimmte sie ihm zu. »Und weiter?«

»Wenn wir davon ausgehen, dass sie mit Julian auf dem Weg in den Park war, blieb genügend Zeit, um rechtzeitig zum Sommerfest zu gelangen, sich auf die Lauer zu legen und Hannes zu entführen. Selbst bei stärkerem Verkehr wäre das spielend zu schaffen gewesen, sie hätte sogar zwischendurch noch einen Kaffee trinken gehen können.«

»Du unterstellst jetzt, dass die Frau allein handelt, oder?«

»Richtig, Kalle. Das würde ich momentan ganz nach oben auf die Liste setzen.«

»Da wir – zum Glück – bisher weder die Leiche des Jungen noch eine weitere Lösegeldforderung haben, bin ich bei euch.«

»Wenn wir jetzt noch gucken, dass beide Entführungen und das Aussetzen von Julian in einem Radius von ungefähr 50 Kilometern stattfand, können wir davon ausgehen, dass wir damit ihren Wohlfühlbereich kennen.« Er beschrieb mit dem Finger einen Kreis auf dem Bildschirm. »Hier irgendwo steckt sie. Und genau dort werden wir auch Hannes finden.«

Wenige Minuten später kehrte Sebastian zurück. Seine Miene verhieß nichts Gutes.

»Die gute Nachricht ist, dass Frau Kunstheim die Wahrheit gesagt hat: Sie ist von der Kamera deutlich erfasst worden und der Zeitpunkt stimmte fast auf die Minute genau.«

»Wenn du so anfängst, kommt jetzt die schlechte Nachricht«, vermutete Maria und das Seufzen Sebastians bestätigte es, bevor er es ausformulierte.

»Jo, genau vor dem Wagen von der Kunstheim fuhr ein Kleinlaster, der das Fahrzeug unserer vermeintlichen Entführerin sowohl vor der Ampel verdeckte als auch beim Weiterfahren. Es ist wie verhext.«

»Wäre auch zu einfach, wenn wir ihr Kennzeichen hätten«, sagte Waldner und atmete tief durch.

»Basti, klemm dich bitte nochmal an deinen Rechner und versuch, alle Todesfälle von Jungen im Alter der beiden Entführten herauszukriegen, die in den letzten, sagen wir, vier bis fünf Jahren gemeldet wurden. Um das etwas einzugrenzen, schau im Umkreis von 100 Kilometern um Wittmund herum.«

»Wir bräuchten idealerweise auch eine Liste derer, die in den letzten Jahren vergeblich versucht haben, ein Kind zu bekommen. Noch besser, wenn gleich dazu kommt, wer davon in psychologischer Behandlung ist oder war.«

»Du weißt, dass wir keine Chance haben, an solche Informationen zu kommen? Legal, meine ich.« Waldner schaute kopfschüttelnd zu Goselüschen und erwiderte:

»Natürlich weiß ich das. Ich meinte damit, dass wir in einer perfekten Welt an solche Daten kämen.«

»In einer perfekten Welt«, warf Maria ein, »gäbe es keine Kindesentführung, keine unerfüllten Kinderwünsche und unsere Jobs ebenfalls nicht.«

»Boah, was ist mit euch los? Warum seid ihr so verbissen?«

»Am besten kommt ihr gleich mit«, unterbrach Sebastian das nutzlose Gespräch seiner Kollegen. »Ich bekomm sonst vom Rumrennen noch Blasen an den Füßen.«

Kaum ausgesprochen folgten sie ihrem jungen Kollegen in seine Schaltzentrale. Waldner entschuldigte sich, er hätte noch einen eigenen Fall zu bearbeiten.

»Kein Ding, Kalle, wir sagen Bescheid, sobald wir etwas haben«, sagte Goselüschen und sah dem davoneilenden Kollegen hinterher.

»Was hat er denn jetzt?«, wollte Maria wissen. Goselüschen winkte ab.

»Egal, lass ihn.«

Die Klimaanlage kühlte den Computerraum auf angenehme 19 Grad Celsius herunter und ihr Brummen war von dem der Rechner kaum zu unterscheiden.

»So«, sagte Sebastian nach einigen Eingaben über die Tastatur. »Das sind alle, die der Computer ermittelt hat.« Drei Augenpaare überflogen die Liste, auf der neun Namen untereinander erschienen.

»Verdammt, ich hätte nicht mit so vielen gerechnet«, sagte Maria mitgenommen.

»Kannst du herausbekommen, welche der Elternpaare sich getrennt haben und welche der alleinstehenden Mütter noch in der Region gemeldet sind?«

»Du beleidigst mich und unsere Datenbank.« Seine Finger flogen erneut über die Tasten und kurz darauf betrachteten sie die nächste Liste auf dem Monitor. »Sieben von neun leben getrennt und fünf davon noch in der Gegend um Wittmund.«

»Das ist schon die zweite Zahl, die mich überrascht.« Dass die Eltern nach so einem Verlust auseinandergingen, stimmte sie zwar traurig, jedoch war das nicht ungewöhnlich. Schockiert war sie über die hohe Anzahl an Todesfällen.

»Jetzt müssen wir noch wissen, auf welche dieser fünf Damen ein Van zugelassen ist.«

»Wie wäre es mal mit einer Herausforderung?« Sebastian zwinkerte die beiden an. »Das ist doch viel zu einfach. Hier, bitte.«

Drei Frauen fielen nicht durch das Raster. Goselüschen notierte sich deren Adressen und Sebastian gelang es, von zwei Frauen Facebookaccounts zu finden, die mit einem Profilbild versehen waren. Er schickte davon Maria und Goselüschen eines auf ihr Smartphone.

»Okay, wie gehen wir vor?«

»Vorsichtig«, sagte Goselüschen, »wir können auf keinen Fall mit dem SEK bei denen anrücken.«

»Warum nicht?«, wollte Sebastian wissen.

»Na, stell dir die Presse vor, wenn die Wind davon bekommen, dass wir aufs Geratewohl mit einer Spezialeinheit die Wohnung einer trauernden Mutter stürmen. Ganz davon abgesehen, dass mindestens zwei der drei Frauen unschuldig sind. Denen würden wir damit einen weiteren Schaden an ihrer Psyche verpassen. Dafür leben wir im falschen Land«, erklärte Maria.

»Wo hast du eigentlich deine Polizeiausbildung gemacht? In Nordkorea?« Goselüschen schlug dem sprachlosen IT-Nerd auf die Schulter. »Pass du mal auf deine Einsen und Nullen hier auf und lass uns Profis die Polizeiarbeit machen.« Jetzt begriff auch Sebastian, dass Goselüschen einen Scherz machte, und lächelte verlegen.

»Is´ eh besser, hier weiß ich wenigstens, wie der Hase läuft.«

Kapitel 12

Maria stellte vor dem Haus mit der Nummer 26 ihren Wagen in einer Haltebucht ab. Vorsichtig, hatte Goselüschen gesagt und sie mit einer Empathie überrascht, die sie ihm gar nicht zutraute. Sie lächelte in sich hinein und war froh darüber, doch nicht mit einem zynischen, kaltherzigen Kerl zusammenzuarbeiten, sondern mit einem, der trotz seiner schroffen und derben Art das Herz am rechten Fleck trug.

Das warme Gefühl verwandelte sich langsam in Angespanntheit. Sie beobachtete die Umgebung, während sie die Stufen zum Mehrfamilienhaus hochstieg, in dem Martina Schiller gemeldet war, die vor etwa einem halben Jahr ihren 4-jährigen Sohn an die Leukämie und kurz darauf ihren Ehemann verloren hatte. Sie las die Namen auf den Klingelschildern und wollte gerade auf den Knopf drücken, da ließ sie eine Frauenstimme hinter sich zusammenzucken.

»Kann ich Ihnen helfen?«, wollte die hagere Frau wissen, die jetzt auf der ersten Stufe verharrte. »Wollen Sie etwa zu Frau Schiller?«

»Ja, ist sie nicht zu Hause?«, sagte Maria und war gespannt auf die Antwort der älteren Dame, die trotz der Hitze lange Hosen und eine Windjacke trug.

»Wissen Sie es etwa noch nicht?«

»Was meinen Sie? Was weiß ich noch nicht?«

»Die Frau Schiller kommt nicht mehr nach Hause.« Die plötzlich veränderte Stimmlage der Frau ließ nichts Gutes erahnen. »Sie hat sich doch letzte Woche umgebracht.« Marias Magen verkrampfte und eine Woge des Mitgefühls durchlief sie. »Das arme Ding hat den Tod ihres Jungen nicht verkraftet. Und als sich ihr Mann dann noch von ihr abgewendet hat, war es vorbei.« Die Dame schüttelte langsam den Kopf. »Wenn Sie meine Meinung hören wollen, war es nur eine Frage der Zeit, bis das passiert. Schlimm sowas.«

»Ja, das schockiert mich sehr. Danke für die Auskunft.« Sie schritt die Stufen hinab und ging an der Frau vorbei.

»Worum geht es? Wer sind Sie denn?«

»Eine ehemalige Arbeitskollegin«, log sie und ließ die ältere Dame ohne weitere Erklärung stehen. Sie meinte, deren Blicke in ihrem Nacken zu spüren, doch als Maria nach ein paar Schritten zurücksah, war die Frau bereits im Hauseingang verschwunden.

Nicht zum ersten Mal in den letzten Jahren fragte sie sich ernsthaft, wie lange sie diesen Job noch ertragen könnte. Vor kurzem hatten sie es mit einem Nekrophilen zu tun gehabt und miterlebt, wie die Eltern ihre einzige Tochter zweimal beerdigen mussten. Und nun ergriff das Gefühl von Maria Besitz, als würde alles Elend der Welt über ihr ausgegossen werden. Zumal sie es nicht einmal gebacken bekam, während ihres Urlaubs Abstand zu bekommen. Nein, sie musste selbst dann ja noch *Miss Marple* für Arme spielen und, statt auszuspannen, sich dabei in Lebensgefahr bringen.

»Egal, wie das hier ausgeht«, sagte sie sich, während sie sich im Rückspiegel des Autos betrachtete, »du musst dringend etwas ändern.« Wie sich das allerdings gestalten sollte, dazu fehlte ihr momentan die Fantasie.

Sie griff zum Handy und wählte Goselüschens Nummer. Nach wenigen Sekunden meldete er sich.

»Was gibt´s?« Maria stockte kurz der Atem, dann erzählte sie ihm, was sie gerade herausgefunden hatte.

»Und bei dir?«

»Ich bin noch auf dem Weg, scheint eine der besseren Wohngegenden der Stadt zu sein. Hier steht eine Villa neben der anderen. Ich meld mich, sobald ich etwas weiß.«

***

Sebastian starrte auf den Bildschirm. Auch wenn er wusste, dass Goselüschen es nicht so gemeint hatte, fragte er sich doch, ob die Arbeit, die fast ausschließlich auf den zwanzig Quadratmetern seines Büros stattfand, ihn erfüllte. Seitdem er irgendwie in den letzten Monaten in das Team von Maria und Goselüschen hineingerutscht war, hatte er sie hin und wieder bei Außeneinsätzen begleitet und kam nicht um das Eingeständnis herum, dass es ihm gefiel. Auch wenn er jedes Mal wieder froh war, in seine Kommandozentrale zurückzukehren.

»Genau, besinn dich auf deine Kernkompetenzen!«, ermahnte er sich lachend und löste sich aus seiner Unbeweglichkeit.

Nachdem seine beiden Kollegen zu den Befragungen aufgebrochen waren, hatte er sich mit Hilfe einer Dose Energiedrink wieder auf mentalen Vordermann gebracht und erstellte mit leicht veränderten Parametern eine neue Liste Verdächtiger. Doch weder der vergrößerte Umgebungsradius noch die Suche weiter zurück in der Vergangenheit liegender Todesfälle änderte etwas am Ergebnis. Krampfhaft dachte er nach und schließlich kam ihm eine Idee. Klackend gaben die Tasten dem Druck seiner Finger nach und eine weitere Suchmaske öffnete sich ploppend in einem neuen Fenster. Sebastian gab die gewünschten Daten und Namen ein, drückte die Entertaste und schlug sich gedanklich selbst auf die Schulter.

»Gut gemacht, Basti.« Er griff zum Telefon.

***

Die Adresse stimmte, stellte Goselüschen fest, nachdem er nochmal auf seinen Notizblock geschaut hatte. Die anderthalbgeschossige Villa lag hinter einer weißgestrichenen Mauer, die passend zum Haus dahinter mit dunklen, glänzenden Dachziegeln abschloss und ihm bis zur Stirn reichte. Das stählerne Eingangstor wurde offensichtlich elektrisch betätigt, denn er sah weder einen Griff noch ein Schloss.

Zwar konnte er durch die Streben einen Teil der Auffahrt einsehen, etliche Obstbäume und hochgeschossene Sträucher verdeckten jedoch den größten Teil der Villa. Die mag es wohl eher ruhig, dachte er. Und obwohl sich das Grundstück inmitten eines Wohngebietes befand, bot es doch Abgeschiedenheit. Genau das, was man braucht, wenn man jemanden verstecken will, kam es ihm in den Sinn.

Langsam näherte er sich dem linken Pfeiler, auf dem eine Überwachungskamera angebracht war. Sein Finger lag bereits auf dem Klingelknopf neben dem Mikrofon der Gegensprechanlage. Minutenlang hatte er sich unterwegs den Kopf darüber zermartert, wie er am elegantesten ins Haus von Tamara Melcher gelangen könnte, ohne ihr das Gefühl zu vermitteln, einer Kindesentführung verdächtigt zu werden.

Zwar lag der Tod ihres Kindes, anders als bei der Frau, die Maria aufsuchen wollte, schon drei Jahre und damit deutlich länger zurück, doch alles in ihm sperrte sich dagegen, mit den Worten: »Oberkommissar Goselüschen von der Kripo Aurich. Wir sind auf der Suche nach einem entführten Jungen und können uns gut vorstellen, dass Sie ihn im Keller gefangen halten. Dürfte ich bitte kurz nachsehen?« mit der Tür ins Haus zu fallen, ganz abgesehen davon, dass nicht voraussehbar war, wie sie reagieren würde, sollte sie die Täterin sein. Würde sie sich anstandslos festnehmen lassen oder zu einem blutigen Amoklauf starten? Niemand konnte das vorher sagen. Das Wohl des Jungen stand über allem.

»Egal, ich zieh´das jetzt durch«, sagte er sich und sein Gehirn sendete bereits das Signal an seinen Zeigefinger, dann hielt er plötzlich inne. Er kniff die Augen zusammen. Zwischen den Stämmen zweier Apfelbäume hindurch sah er, wie sich die Haustür öffnete und ein Junge herausgerannt kam. Ein Junge, der aus der Ferne aussah wie Hannes. Mit dem Unterschied, dass dieses Kind keine blonden, sondern schwarze Haare hatte. Kein Problem heutzutage: Tönung drauf und fertig ist die Laube, sinnierte er.

Kurz darauf erschien Tamara Melcher, die Goselüschen auch aus dieser Entfernung und ohne freie Sicht sofort von ihrem Profilfoto aus dem Internet wiedererkannte. Sie schienen irgendwohin zu wollen. Er bereitete sich darauf vor, etwas zurückzuweichen und einen genauen Blick auf den Jungen zu werfen, wenn sie das Grundstück verlassen würden.

Er folgte mit den Augen Tamara, die jetzt den weinenden Jungen an der Hand über das Pflaster zur Doppelgarage hinter sich herzog, deren Tor sich wie von Geisterhand öffnete. »Und da haben wir unser Tatfahrzeug«, sagte er vor sich hin, als er die japanische Familienkutsche neben einem BMW-Coupé erkannte.

»Ich will zu meiner Mama«, hörte er den Jungen flehen und sofort wurde er von Adrenalin durchflutet. Tamara riss an dem Kind, sodass es ihr gegenüberstand. Der Junge hielt sich schützend die freie Hand vor das Gesicht, als erwartete er, einen Schlag abzubekommen.

»Wie oft soll ich es dir sagen?«, herrschte sie ihn an. »Ich bin jetzt deine Mama! Es wird Zeit, dass du das begreifst!« Sie rüttelte an ihm. »Und jetzt reiß dich gefälligst zusammen.« Der Junge versuchte, sein Schluchzen herunterzuschlucken, wodurch ein anderes klägliches Geräusch entstand.

»Aber –.«

»Kein Aber«, unterbrach sie ihn in einer Lautstärke, dass Goselüschen das Gefühl hatte, sie würde direkt neben ihm stehen.

Kurzentschlossen klingelte er. Es dauerte einen Moment, bis Tamara es registriert hatte.

»Warte im Auto«, befahl sie dem Jungen, der sofort ihrer Anweisung folgte und aus Goselüschens Sichtfeld verschwand. Mit energischen Schritten, was durch das Klackern ihrer Pfennigabsätze auf der gepflasterten Einfahrt noch unterstrichen wurde, kam sie schnurstracks auf ihn zu und blieb etwa einen halben Meter vor dem Stahltor stehen. Sie funkelte Goselüschen an. »Was wollen Sie?« Mensch, die ist ja herzallerliebst, dachte er und zwang sich zu einem Lächeln. Er zog seinen Dienstausweis hervor und hielt ihn zwischen den Streben der Frau unter die Nase.

»Moin, mein Name ist Goselüschen. Ich bin von der Kripo. Uns wurden einige Einbrüche in dieser Gegend gemeldet, daher befragen wir die Nachbarschaft.« Die Frau schien etwas verunsichert. Der dominante Ton in ihrer Stimme war verschwunden, nun lag etwas Nervosität darin.

»Einbrüche? Hier? Davon habe ich noch gar nichts gehört.« Kein Wunder, dachte Goselüschen, hier scheint ja auch jedes Grundstück Sicherheitsstandards zu haben, wie man sie sonst nur von Prominenten kannte.

»Sie wurden auch erst heute gemeldet. Ist Ihnen in letzter Zeit etwas aufgefallen? Leute, die hier nicht herpassen? Irgendwelche Lieferwagen, die auffallend lange in der Nähe gestanden haben?«

»Nein, nichts davon«, sagte sie knapp.

»Gut. Haben Sie etwas dagegen, dass ich Ihren Sohn frage, ob er etwas gesehen hat?« Er deutete in Richtung der Garage. Tamara Melcher straffte sich.

»Ja, das habe ich. Er hat nichts gesehen.«

»Sie meinen, er hat Ihnen nichts davon erzählt?« Immer noch lächelnd, obwohl es ihn langsam Überwindung kostete, fuhr er fort. »Sie wissen doch, wie das bei den Rackern ist: Manchmal sehen sie etwas und denken, sie hätten Schuld daran und sagen deswegen nichts.«

»Er hat nichts gesehen. Basta.« Sie machte eine Vierteldrehung von ihm weg. »Und jetzt entschuldigen Sie mich, wir haben einen Termin.« Goselüschen sah der davonstolzierenden Frau kopfschüttelnd hinterher. Als sie ihre Garage erreicht hatte, kehrte er zu seinem Wagen zurück und lehnte sich an den Kotflügel. Sie würden gleich an ihm vorbeifahren müssen, da die Straße in der Gegenrichtung in einen Wendehammer mündete.

Kurz darauf verließ der Van mit Tamara Melcher und dem Jungen auf dem Rücksitz das Grundstück und fuhr langsam an ihm vorbei. Die Frau würdigte Goselüschen keines Blickes, doch konnte er den Jungen genau sehen. Und was er sah, ließ seinen Magen verkrampfen.

Kapitel 13

Bevor sie das Ortsausgangsschild Wittmunds passiert hatte, klingelte ihr Smartphone.

»Hey Basti, leider Fehlanzeige. Wir –.«

»Warte mal«, unterbrach er sie. »Ich habe noch etwas recherchiert. Ich dachte, ich schau auf gut Glück mal, ob sich eine unserer Verdächtigen nicht auf dem Weg von oder nach Wilhelmshaven hat blitzen lassen.«

»Und? Wie gut war das Glück?«

»Anfangs war es uns nicht hold. Ich hatte keinen Treffer. Aber dann habe ich nicht nach den Fahrzeugen, sondern nach unseren fünf Frauen gesucht und siehe da –.«

»Mach es nicht so spannend«, unterbrach jetzt sie ihn.

»Ich mach ja schon«, sagte er schnell. »Wir hatten doch bei der ersten Suche zwei Frauen mit angemeldetem Van, zwei mit Kleinwagen und eine ohne Fahrzeug.«

»Ja, und weiter?«

»Silke Kretschmer heißt die gute Frau ohne Auto. Aber sie hat bereits einige Punkte in Flensburg angesammelt und da stellte ich mir die Frage, mit welchem Fahrzeug. Und ob du es glaubst oder nicht, sie scheint einen Wagen zu fahren, der immer noch auf ihren Ex-Mann angemeldet ist. Ein netter kleiner Opel Zafira.«

»Ist das ein Van?«

»Ganz genau.«

»Okay, sag mir die Adresse und schick sie auch Gose, ich warte in der Nähe des Hauses auf ihn, vorausgesetzt, er wird bei seinem Besuch rechtzeitig fertig.«

»Alles klar«, sagte Sebastian und nannte ihr die Anschrift Silke Kretschmers. Maria tippte sie ein und wendete den Wagen.

Das Navigationsgerät führte sie über die B 210 außen um Wittmund herum, bis ihr die nette Stimme im Gerät riet, auf die Isums in Richtung Süden abzubiegen. Was für ein seltsamer Straßenname das doch war, dachte sich Maria und beschloss, später zu recherchieren, woher der Name stammte.

Sie führte geradeaus, soweit ihr Auge reichte. Maria passierte den Campingplatz und die Sportanlage, fuhr immer weiter, durch den kleinen Ort Leerhafe bis rechts neben der Straße der Knyphauser Wald begann. Warum treibt es mich immer wieder an solche abgelegenen Orte und in die tiefsten Wälder? Ostfriesland ist von 90 % Ackerflächen überzogen und von vielleicht 2 % Wald, dachte sie und rechnete damit, dass ihre Souffleuse sie gleich auffordern würde, quer durch das Gehölz zu fahren, und sie damit in die Mitte des Waldstücks zum Blockhaus lotsen würde, in dem Silke Kretschmer hauste.

Doch sie irrte sich, denn es ging vorerst weiter geradeaus, bis die Stimme ihr mitteilte, sie möge in 200 Metern rechts abbiegen und hätte nach weiteren 300 ihr Ziel erreicht. Maria nahm den Fuß vom Gaspedal und ließ den Wagen ausrollen, bis er kurz vor der Abzweigung zum Stehen kam.

Ein verchromter Briefkasten in amerikanischem Stil, versehen mit einer roten Fahne, die der Briefzusteller nach oben drehen sollte, falls er Post hatte, stand am Wegesrand auf einem Holzpfahl. Den Namen Kretschmer fand sie darauf nicht, doch weit und breit konnte sie kein anderes Haus erkennen.

Die asphaltierte Zufahrt führte zwischen zwei Feldern, von denen eines bereits abgemäht war, zu einem Hof, der an den Waldrand grenzte. Sie erkannte hinter einer nach ihrer Schätzung knapp einen Meter hohen Hecke mehrere Nebengebäude, ein Silo und das Haupthaus. Einen Wagen konnte sie einerseits wegen der Entfernung, andererseits, weil sie nur einen kleinen Teil einsehen konnte, nicht ausmachen.

Wo blieb Gose? Fünfzehn Minuten wartete sie bereits. Sie warf einen Blick auf das Bauernhaus, das heißt, in die Richtung. Die Dämmerung setzte langsam ein und so verschmolzen die Umrisse der Gebäude auf dem Hof immer mehr mit dem Wald dahinter zu einer dunklen Masse. Hinter einem der Fenster brannte Licht. »Gut, dann ist wenigstens jemand da.« Langsam wurde sie ungeduldig.

»Ja?«, hörte sie die keuchende Stimme ihres Partner, nachdem er ihren Anruf angenommen hatte.

»Was ist los, hast du schon Feierabend gemacht? Ich warte.« Deutlich hörte sie schwere Atemgeräusche über die Leitung. Musste sie sich Sorgen machen?

»Ich habe eine verfickte Reifenpanne, aber —«, er atmete tief durch, »aber ich habs gleich, nur noch die Kack-Radmuttern festziehen. In zwanzig Minuten bin ich da.«

»Was gab es bei der Melcher?«

»Hör mir bloß auf, das ist `ne Zicke vor dem Herrn. Sie hatte einen Jungen bei sich, ich konnte ihn genau erkennen. Es war definitiv nicht Hannes Berger.« Dass er durch die heruntergelassene Scheibe das blaue Auge des Jungen und Striemen, die wie Würgemale aussahen, an seinem Hals gesehen hatte, erzählte er ihr im Moment lieber nicht, da er wusste, wie unbeherrscht seine Kollegin auf Kindesmissbrauch reagieren konnte. Er würde es ihr später in Ruhe sagen und auch, dass er vor seiner Reifenpanne bereits aus dem Auto heraus das Jugendamt darüber informiert hatte. Der Sachbearbeiterin war der Fall nicht unbekannt. Bei dem Jungen handelte es sich um den Sohn des Lebensgefährten, der häufig auf Geschäftsreise weilte. Vor einigen Wochen wurde ihnen bereits ein Verdachtsfall angezeigt, der sich jedoch nicht erhärtete. Sie würden jetzt natürlich noch einmal ganz genau nachschauen, versprach sie ihm.

»Alles klar, gib Gummi.« Sie warf ihr Handy auf den Beifahrersitz, von wo es in den Fußraum rutschte, und ließ sich auf den Fahrersitz fallen.

***

Wenige Minuten später riss ihr Geduldsfaden. Sie startete den Motor und bog in die Zufahrtsstraße zum Bauernhof ein.

Die Landwirtschaft wurde wohl schon vor längerer Zeit aufgegeben, schoss es ihr durch den Kopf, als sie den Hof erreichte. Ein Scheunentor stand offen und sie konnte sehen, dass sich kaum etwas darin befand. An der Hauswand fiel ihr ein älteres Traktorenmodell ins Auge, dem etliche Teile fehlten. Die Motorabdeckung hing nur noch an einer Schraube und der große dunkle Fleck unter der Landmaschine deutete darauf hin, dass sämtliches Öl aus dem Getriebe herausgelaufen war. Die Rasenfläche zwischen der Scheune und dem Wohnhaus, auf dem sie eine Rutsche und eine Schaukel ausmachte, die sich jedoch, sofern Maria es unter den schlechter werdenden Sichtverhältnissen sagen konnte, in keinem guten Zustand befanden, erhärtete ihre Vermutung.

»Okay, auf geht´s«, sagte sie sich und trat an die Haustür heran. Sie zuckte kurz. Eine Spinne hatte sich in ihren Haaren verfangen. Maria schnappte sie und pustete sie von ihrer flachen Hand aus in das Beet neben ihr, das länger keine Spitzhacke oder Harke gesehen hatte. Sie schaute nach oben. Das ist gewöhnungsbedürftig, dachte sie, denn unter dem kleinen Vordach sah sie das Zuhause der Spinne von eben und ungefähr zwanzig weitere Netze. Sie klingelte.

Es dauerte eine gefühlte Ewigkeit und erforderte ein erneutes Läuten, bis das Licht auf dem Flur hinter der Haustür anging und sie durch das Milchglas eine sich nähernde Person ausmachte. Die Tür öffnete sich knarrend und eine Frau, die mindestens ihre Größe hatte, vielleicht sogar die 1,80 Meter erreichte oder überragte, musterte sie mit gerunzelter Stirn.

»Ja?«, fragte sie knapp. Maria lächelte sie an.

»Guten Abend, entschuldigen Sie die Störung. Ich glaube, ich habe mich verfahren. Können Sie mir helfen?« Die Frau mit dem Gardemaß fixierte Maria, während sie zwischen der Türzarge stehenblieb, als wollte sie verhindern, dass der ungebetene Gast einen Blick ins Innere des Hauses werfen konnte.

»Weiß nicht. Wo wollen Sie hin?« Maria musste improvisieren und erinnerte sich an das letzte Dorf. Sie nannte es der Frau und dachte sich einen Straßennamen dazu aus.

»Eine Monika Hansen wohnt da, sie ist eine Freundin, die ich besuchen will. Ich wollte sie anrufen, aber —«, sie zuckte mit den Schultern, »ich hatte keinen Empfang.«

»Kenn ich nicht, aber das Dorf liegt da hinten.« Sie streckte ihren kräftigen Arm aus und zeigte an Maria vorbei in die Richtung, aus der sie vorhin mit dem Wagen gekommen war. Maria trat von einem Bein aufs andere und versuchte, ihren unschuldigsten Blick aufzusetzen.

»Oh, danke. Eine Bitte hätte ich noch: Ich bin seit drei Stunden unterwegs und hatte zuviel Kaffee. Könnte ich kurz bei Ihnen auf die Toilette gehen? Es ist wirklich dringend.« Maria sah, wie Silke Kretschmer ihren Rücken durchstreckte. Offenbar war sie keine Freundin von unangemeldeten Besuchern, dachte sie.

»Ich habe zu tun und —.«

»Bitte«, unterbrach Maria. »Es ist wirklich sehr sehr dringend.« Einige Sekunden vergingen, dann trat sie einen Schritt beiseite und deutete mit dem Kopf die Diele entlang.

»Die letzte Tür rechts. Aber beeilen Sie sich. Ich habe keine Zeit.«

»Vielen Dank«, erwiderte Maria mit Erleichterung in der Stimme, schob sich an der Frau vorbei und betrat kurz darauf die schmale Gästetoilette. Sie zog die Tür

hinter sich zu und schaute in den von Schlieren über-
zogenen Spiegel über dem Handwaschbecken. »Wenn
du hier nicht richtig bist, wo dann?« Sie tastete in ihren
Hosentaschen und kramte in der Handtasche nach
ihrem Smartphone, um Goselüschen und Sebastian
darüber zu informieren, dass dieser Fisch hier ganz
gewaltig stank. Verdammt, durchschoss es sie, ich muss
es im Auto liegengelassen haben – genau wie die
Waffe.

Maria klappte den Toilettendeckel hoch und runter,
betätigte die Spülung und wusch sich danach die
Hände. Als sie wieder in den Flur hinaustrat, wartete
Silke Kretschmer bereits mit verschränkten Armen.
Auch ihrem Gesichtsausdruck nach zu schließen, miss-
fiel ihr die Anwesenheit Marias absolut.

Gegenüber der Toilette fiel Maria ein Foto auf einer
Anrichte ins Auge. Sie trat darauf zu und neigte leicht
den Kopf, damit sie es genau betrachten konnte. Es
zeigte eine junge Familie. Den Mann kannte sie nicht,
die Frau darauf hingegen war eindeutig Silke Kretschmer, jedoch in einer glücklichen Version. Das Foto
musste vor höchstens drei oder vier Jahren aufgenom-
men worden sein, sie sah heute jedoch um mindestens
zehn Jahre gealtert aus. Kein Wunder, dachte Maria,
der Verlust des eigenen Kindes ist das Schlimmste, was
Eltern widerfahren kann.

Der blonde Junge, der zwischen seinen Eltern stand
und beide an den Händen hielt, lachte in die Kamera.
Maria schluckte, die Ähnlichkeit mit Hannes und Julian
war frappierend. Würden die drei Jungs nebeneinan-
derstehen, könnte man sie für Drillinge halten. Nur,

dass der Junge auf diesem Bild heute schon ein paar Jahre älter wäre.

»Niedlich, ihr Sohn«, sagte Maria und bemühte sich, möglichst natürlich zu klingen. Und es schien zu funktionieren, denn Silke Kretschmer trat neben sie. Ein kaum erkennbares Lächeln umspielte ihre Lippen, während sie zärtlich mit ihrem Zeigefinger über den Rahmen strich.

»Ja, Max ist mein ein und alles«, sagte sie mit Stolz in der Stimme. Marias Gedanken überschlugen sich: Sagte sie gerade, IST mein ein und alles? Ja, und spätestens in diesem Moment wurde ihr klar, dass sie sehr vorsichtig sein müsste. Sie hatte die Hand der Frau gesehen, die einer Männerhand in nichts nachstand. Sie hatte von der harten Arbeit Schwielen an den Fingern und einen sehnigen Handrücken. Körperlich war die Kretschmer ihr mindestens ebenbürtig, wahrscheinlich sogar überlegen.

»Max von Maximilian?«

»Nein, nur Max.«

Das eindringliche Quietschen schlecht geölter Scharniere hinter ihnen unterbrach das kurze Gespräch der Frauen.

»Ich kann nicht schlafen«, sagte ein Junge mit ängstlicher Stimme. Silke Kretschmer wirbelte herum.

»Geh zurück ins Bett, Max!«, herrschte sie ihn an, worauf er zurückwich und schnell die Tür zu seinem Zimmer wieder zuzog. Maria konnte ihn nur kurz sehen, aber es reichte, um Hannes zu erkennen. Sie spielte gedanklich ihre Optionen durch: Warf sie sich schnell gegen die Frau, hätte sie das Überraschungsmoment auf ihrer Seite und könnte sie möglicherweise überrumpeln. Allerdings wirkte Silke Kretschmer schon einschüchternd mit ihrer imposanten Figur. Auch könnte sie sich als Polizistin zu erkennen geben, in der Hoffnung, dass der Frau die ausweglose Lage bewusst würde, in der sie sich befand. Oder sie wog sie in Sicherheit, verließ das Haus und kehrte mit dem SEK zurück. Nein, sie konnte auf keinen Fall den Jungen weiter mit seiner Entführerin allein lassen, wer wusste schon, ob sie nicht im nächsten Moment entschied, ihn umzubringen. Silke Kretschmer nahm ihr die Entscheidung ab.

Die Mündung einer alten Pistole – möglicherweise ein Restbestand aus Wehrmachtszeiten – in die sie sah, ließ Maria erstarren.

Bleib ruhig, Maria, ganz ruhig, doch sie konnte das Zittern ihres Körpers nicht unterdrücken. Sie hob beschwichtigend die Hände.

»Ich weiß, wer Sie sind. Aus dem Fernsehen.«

»Beruhigen Sie sich, Frau Kretschmer, ich will Ihnen helfen.« Maria selbst erstaunte, mit welch kontrollierter Stimme sie sprechen konnte. Wahrscheinlich hat dein Leben in der letzten Zeit zu oft am seidenen Faden gehangen, ging ihr durch den Kopf. Die andere Frau lachte spöttisch auf.

»Mir helfen? Ich brauche keine Hilfe. Sie werden mir Max nicht noch einmal wegnehmen!«, sagte sie mit eisiger Stimme und ihre Augen funkelten wild.

»Niemand will Ihnen etwas wegnehmen.«

»Ach nein? Und warum schleichen Sie sich dann unter einem fadenscheinigen Grund in mein Haus?« Maria durchforstete ihre Erinnerungen an die Ausbildung und Fortbildungen über den Umgang mit Geiselnehmern und psychisch labilen Tätern. Dafür gab es Spezialisten, doch wie üblich waren diese nicht da, wenn man sie brauchte. Ihr war erschreckend klar, dass Silke Kretschmer unberechenbar und zu allem fähig wäre. Sie dürfte sich keinen Fehler erlauben, wenn sie selbst und Hannes heil aus dieser Nummer herauskommen wollten. *Warum habe ich nicht auf Gose gewartet?*

»Die Eltern des Jungen.« Sie deutete zur Tür des Kinderzimmers. »Die Eltern von Hannes leiden jetzt genauso, wie Sie, als Max gestorben ist. Wollen Sie das?« Für einen Moment fasste Maria Mut, denn der Ausdruck in Silke Kretschmers Gesicht wurde etwas weicher, ihre Augen schauten leicht nach unten und sie ließ die Pistole ein paar Zentimeter sinken. »So ist es gut.« Maria ergriff die Gelegenheit und stürzte sich auf die bewaffnete Frau, doch diese hatte es vorausgesehen und war rechtzeitig zur Seite gesprungen, sodass Maria sie nicht zu packen bekam. Gleichzeitig verpasste sie der Polizistin einen Stoß, der Maria gegen etwas prallen und fast stürzen ließ. Sie konnte sich gerade noch auf den Beinen halten, drehte sich herum und wollte erneut auf die kräftige Hausherrin losgehen. Das Klicken des Hebels, mit dem die Frau die Waffe entsicherte, erstickte den zweiten Angriffsversuch im Keim. Maria machte einen vorsichtigen Schritt auf sie zu, wobei sie nicht einmal bemerkte, dass sie auf die Scherben der Vase trat, die sie eben umgestoßen hatte.

»Max ist nicht gestorben. Max ist in seinem Zimmer«, schrie sie plötzlich und fuchtelte wie von Sinnen mit der Pistole herum. Maria zuckte zusammen und rechnete damit, dass die Frau abdrücken würde.

Im Geiste sah sie das Mündungsfeuer aufblitzen, dem nur noch tiefste Schwärze folgte.

Jetzt trat Silke Kretschmer auf Maria zu und hielt den Lauf dicht vor ihr Gesicht. Maria roch das Waffenöl und bemerkte das Zittern in der Hand der Frau. Selbst, wenn sie nicht abdrücken wollte, könnte die Waffe jeden Moment losgehen. Doch es löste sich kein Schuss, nur das schwere Atmen der beiden erfüllte den Korridor.

Wie zwei Boxerinnen, die sich gegenseitig belauerten, drehten sie sich langsam im Kreis, bis Silke Kretschmer vor dem Kinderzimmer angekommen war. Sie machte einen Schritt zurück, die Waffe immer noch auf Marias Kopf gerichtet, und öffnete mit der freien Hand die Tür.

Die Nachttischlampe neben dem Bett erhellte den Raum notdürftig. Mit Entsetzen sah Maria, wie die Frau mit schnellen Schritten zum Bett rannte und die Pistole nun auf Hannes richtete. Er schaute mit aufgerissenen Augen zu Maria und Tränen liefen über seine Wangen. Vor lauter Panik war er jedoch nicht in der Lage, zu schreien. Zum Glück, sonst würde es mit Sicherheit eskalieren, dachte Maria.

»Das wollen Sie nicht tun«, sagte sie und näherte sich, bis sie das Fußende des Bettes erreichte. »Sie wollen Ihren Sohn doch nicht töten.«

»Bevor Sie ihn mir wieder wegnehmen, gehe ich mit ihm gemeinsam fort.«

***

Seine Alarmglocken schrillten. Sebastian hatte ihm eben mitgeteilt, dass der verstorbene Max Kretschmer an dem Tag Geburtstag gehabt hätte, als mit Julian der erste der beiden Jungen entführt worden war.

»Das könnte der Auslöser für die Taten gewesen sein. Meinst du nicht, dass du uns diese Information eher hättest geben sollen?«, fuhr er ihn an.

»Ja, natürlich. Tut mir leid, ich hatte nur nach dem Sterbedatum der Jungs gesucht und nicht auf das ihrer Geburt geachtet.«

»Jetzt nicht mehr zu ändern. Hoffen wir, dass alles gut geht und Maria die Lage unter Kontrolle behält.« Er beendete das Gespräch.

Goselüschen erkannte die Zufahrt zum Gehöft, bog darauf ein und fuhr mit ausgeschaltetem Licht weiter. Kurz bevor er es erreichte, stoppte er und stellte den Wagen ab. Er eilte zu Fuß zum Haus und schlich zur Eingangstür. Zuerst fiel ihm ein umgefallener Blumentopf im hinteren Bereich der Diele auf, dessen Scherben sich darum verteilten. Fast im selben Moment sah er, wie seine Kollegin gerade in einem Zimmer verschwand. Er rannte ums Haus und warf einen Blick durch das Fenster, hinter dem er Maria vermutete. Doch es war stockdunkel darin, demnach schied es aus, müsste es doch durch die geöffnete Tür zur Diele zumindest schwach beleuchtet sein.

Bei der nächsten Scheibe hatte er Glück. Doch als er sah, dass dem Jungen im Bett eine Pistole an die Schläfe gehalten wurde und die Frau am Abzug wild entschlossen schien, gefror ihm das Blut in den Adern. Er drehte sich herum und drückte den Rücken an die

Wand neben dem Fenster. Schnell zog er sein Smartphone heraus.

»Hör zu, Basti. Wir brauchen hier schnellstmöglich einen Rettungswagen und das SEK, am besten mit `ner Psychologin dabei.«

»Alles klar«, hörte er Sebastian antworten.

»Und Basti, sie sollen ohne Sirenen anrücken, sonst eskaliert es hier.«

»Verstanden.«

Er steckte das Gerät zurück und zog anstelle dessen seine Waffe. Vorsichtig schaute er wieder in das Kinderzimmer und verfolgte das Gespräch der beiden Frauen.

***

Maria zweifelte keine Sekunde daran, dass Silke Kretschmer es ernst meinte und den Jungen und im Anschluss sich selbst umbringen würde. Ihre Gedanken überschlugen sich. Wie sollte sie das hier nur zu einem guten Ende bringen?

In ihrem Augenwinkel nahm sie eine Bewegung wahr. Ein Hauch von Erleichterung durchströmte sie, als sie das Gesicht ihres Kollegen hinter der Fensterscheibe erkannte. Schnell wandte sie den Blick ab und schaute wieder zu den beiden auf dem Bett.

»Das wollen Sie doch nicht.«

»Warum zum Teufel glauben Sie zu wissen, was ich will?«, schrie Silke Kretschmer und drückte den Lauf fest gegen Hannes´ Kopf, der kurz aufschrie, doch sofort wieder in sein leises Wimmern verfiel. »Sei still, Max!«

»Folgender Vorschlag: Sie nehmen die Waffe runter und ich werde verschwinden. Niemand tut Ihnen was und Sie können in Frieden mit Max weiterleben.«

»Halten Sie mich für blöd?« Der Zorn in ihrem Gesicht war echt, dessen war Maria sicher. »Sie werden nirgendwo hingehen. Ich muss nur noch überlegen.«

»Frau Kretschmer, meine Kollegen wissen Bescheid. Wenn Sie mich erschießen, gibt es kein Zurück mehr. Denken Sie an Max, der soll doch nicht ohne Mutter aufwachsen.« Die Frau mit der Waffe seufzte und Marias Hoffnung wuchs, dass sie aufgeben würde. Doch abermals täuschte sie sich in ihr. Silke Kretschmer schwenkte die Waffe in ihre Richtung und erklärte in geschäftsmäßigem Ton:

»Ich habe zu Ende nachgedacht.«

Ein Geräusch aus der dem Bett gegenüberliegenden Zimmerecke veränderte die Situation schlagartig. Beide Frauen richteten ihren Blick auf den Kaninchenkäfig, in dem der Nager gerade Radau machte, weil er wild herumrannte. Im nächsten Moment krachte ein Schuss auf.

Das Glas der Fensterscheibe zerbarst, die abgefeuerte Kugel durchschlug sowohl die Scheibe als auch die Zimmerdecke über dem Bett des Jungen, der panisch aufschrie. Maria, die darauf vorbereitet war – hatte sie doch gesehen, wie Goselüschen seine Waffe gegen das Glas hielt – nutzte den Augenblick der Verwirrung und griff nach dem Handgelenk Silke Kretschmers.

Sie zog am Arm der Frau und wuchtete ihn mit aller Kraft gegen ihren Oberschenkel. Die Frau ließ die Waffe fallen und gleichzeitig spürte Maria das Brechen von Knochen gefolgt von einem markerschütternden

Schrei. Für eine Sekunde befürchtete sie, ihre Kniescheibe hätte nachgegeben und der Schmerzausruf wäre von ihr gekommen, doch ein Blick auf den unnatürlichen Winkel im Unterarm der Hausherrin sorgte für Klarheit.

Silke Kretschmer schaffte es, sich noch einmal dem Griff Marias zu entziehen. Mit der linken Hand griff sie zur Waffe, die vor die Heizung unter dem Fenster gerutscht war. Doch ein Fuß schob sie ein paar Meter zur Seite, bevor sich ihre Finger um den Griff klammern konnten.

»Hören Sie auf«, sagte Goselüschen, der durch die zerstörte Scheibe geklettert war. »Es ist vorbei.« Er beugte sich zu ihr herunter und fixierte ihre Hände auf dem Rücken, worauf sie erneut vor Schmerz aufstöhnte. »Da müssen Sie durch, tut mir leid.« Er wandte sich zu Maria. »Alles in Ordnung bei dir?«

»Ja, danke.« Dann fiel ihr ein dunkler Fleck auf seiner Jeans ins Auge. »Aber du blutest.« Er folgte kurz ihrem Blick und grinste.

»Ach, das ist nur ein Kratzer von den Scherben. Werde ich in meinen späteren Erzählungen als Kriegsverletzung verkaufen.«

Als Maria klar war, dass Goselüschen allein mit der Frau am Boden fertig werden würde, setzte sie sich auf die Bettkante. Hannes schaute sie völlig verstört an, sein Gesicht war von kleineren Blutergüssen und seine geröteten Augen vom stundenlangen Weinen gezeichnet.

»Hallo Hannes, ich bin Maria«, sagte sie und lächelte ihn an. »Komm mit, ich bringe dich zu deinen Eltern.«

»Wirklich?«, fragte er schniefend und schaute zu seiner Entführerin, die gerade von Goselüschen unsanft hochgerissen und aus dem Zimmer geführt wurde. Sie nickte langsam.

»Ja, wirklich. Versprochen.«

Kapitel 14

Der eingetroffene Rettungsarzt untersuchte Hannes noch im Einsatzwagen vor Ort. Nach wenigen Minuten gab er grünes Licht.

»Dem jungen Mann fehlt auf den ersten Blick nichts«, sagte er, reichte Hannes einen roten Lolli und ergänzte in Marias Richtung: »Seine Eltern sollten in den nächsten Tagen zur Sicherheit den Kinderarzt aufsuchen. Aber körperlich ist er fit.«

»Dann steig mal ein«, sagte sie zu Hannes, deutete auf ihren Wagen und holte einen Kindersitz aus dem Kofferraum. »Deine Eltern warten sicher schon.«

Die Bergers hatten bei ihrem letzten Gespräch erklärt, dass sie in Wittmund bleiben würden, bis sie Gewissheit hätten. Auch wenn es Monate dauern sollte.

Solange hat es zum Glück jetzt nicht gedauert, dachte Maria zufrieden, als sie zwanzig Minuten später vor der Ferienanlage anhielten. Sie schnallte sich und dann Hannes ab.

»Weißt du noch, wo eure Wohnung ist?«

»Mh«, machte er und zeigte stolz auf eine Tür.

»Willst du klingeln?« Hannes nickte schnell und hielt seinen Finger auf den Knopf. Schüchtern schaute er zu ihr hoch. »Nun mach schon«, sagte sie und lachte.

Das unbeschreibliche Glücksgefühl der Bergers, die kurz darauf ihren Sohn in die Arme schlossen, übertrug sich zu einem großen Teil auf Maria. Dafür mache ich diesen Job. Auch wenn er mich an meine Grenzen und darüber hinaus bringt. Um diese Momente geht es.

Nachdem die ersten Tränen getrocknet waren, nahm sich Maria die Zeit, den Eltern zu erklären, wo sie Hannes gefunden und welches mutmaßliche Motiv seine Entführerin hatte. Das Verständnis der Eltern für Silke Kretschmer hielt sich in Grenzen, auch wenn Nathalie Berger zwischendurch einmal erschrocken die Hand vor den Mund gehalten hatte.

»Sie wird hoffentlich lange weggesperrt«, sagte Ingo Berger unnachgiebig.

»Um das genau zu sagen, ist es zu früh. Sie ist krank, sehr krank. Ich gehe davon aus, dass sie in die geschlossene Psychiatrie eingewiesen wird, aber wie gesagt, das liegt in der Hand der Gerichte.« Maria räusperte sich. »Aber jetzt lass ich Sie allein. Wir melden uns später wegen des Papierkrams.«

Ingo Berger begleitete sie zur Tür, während seine Frau engumschlungen mit Hannes auf dem Sofa blieb.

»Frau Fortmann?« Er schluckte. Maria wandte sich ihm zu.

»Ja?«

»Vielen Dank für Ihre Hilfe. Ich entschuldige mich für meine Ausfälle Ihnen und Ihren Kollegen gegenüber.« Maria musterte den Mann, der gerade seinen entführten Sohn wiederbekommen hatte.

»Ausfälle? Welche Ausfälle?« Sie lächelte ihn an und ging.

Kapitel 15

Am nächsten Tag setzte Maria die Dienstaufsichtsbehörde über ihre Informationen von Igor und die damit verbundenen Zweifel an der Schuld Walter Krawinkels in Kenntnis. Ihr Ansprechpartner versicherte ihr, dass sie den Hinweisen gewissenhaft nachgehen und gegebenenfalls korrigierend eingreifen würden. Der Fall würde erneut aufgerollt.

Auch wenn das für den damals ermittelnden Kollegen schwerwiegende Konsequenzen haben würde, hätte die Familie Krawinkels das Recht auf die Wahrheit und inneren Frieden, sollte sich das vor über Jahren gesprochene Urteil im Nachhinein als falsch herausstellen, erklärte sie Goselüschen, der dem nichts hinzuzufügen hatte.

Fast gleichzeitig erfuhr Goselüschen von der Sachbearbeiterin des Jugendamts, die er wegen des misshandelten Jungen informiert hatte, dass der Vater des Kindes sofort nach Hause zurückgekehrt war und seine Lebensgefährtin Tamara Melcher noch am selben Tag aus seinem Haus geworfen hatte. Ob sich die Staatsanwaltschaft damit befassen würde, konnte sie ihm nicht beantworten.

***

Einige Zeit später erging das Gerichtsurteil gegen Silke Kretschmer.

»Bis auf Weiteres in die geschlossene Psychiatrie des Landeskrankenhauses, das ist angemessen«, stellte Goselüschen fest, nachdem sie gerade dem Urteilsspruch beigewohnt hatten.

»Und gut, dass sie gleich auf eine Berufung verzichtet hat.«

»Sie hat zum Glück niemanden umgebracht. Vielleicht können sie ihr wirklich helfen und ihr irgendwann später ein normales Leben ermöglichen.«

»Und sie hat es offenbar auch nicht vorgehabt. Also jemanden zu töten.«

»Du meinst wegen der Pistole?« Sie hatten noch am Tatort festgestellt, dass die Wehrmachtspistole zwar funktionstüchtig, jedoch nicht geladen gewesen war. »Solange wir davon ausgehen, dass ihr das bewusst war.«

»Das ist die große Frage. Neben der, was ihr überhaupt noch bewusst ist. Ich meine, die arme Frau verliert ihren Sohn und ihr Mann lässt sie daraufhin sitzen und allein mit der Trauer und Verarbeitung.«

»Na ja, jeder trauert anders. Und ihr Mann hatte doch während des Verfahrens ausgesagt, dass er es nicht mehr ertragen konnte – sie nicht mehr ertragen konnte. Wenn ich mir vorstelle, dass mir jeden Tag das Gefühl gegeben würde, mein verstorbener Sohn weilte noch unter uns, hätte ich mich wahrscheinlich auch vom Acker gemacht.« Maria sah ihren Kollegen mit einer Mischung aus Vorwurf und Verständnis an.

»Mag sein. Die Frau braucht jedenfalls dringend Hilfe.«

»Das steht außer Frage. Schließlich sollte es so sein, dass man seinem Sohn zu seinem Geburtstag ein

Geschenk besorgt, und nicht, dass man sich an seinem Geburtstag einen neuen Sohn besorgt. Ich fasse immer noch nicht, was in so einem Moment im Kopf vor sich geht.«

Die psychologische Gutachterin des Gerichts und die Erklärungen der Angeklagten hatten ihre zwischenzeitlichen Vermutungen bestätigt. Der anstehende Geburtstag ihres verstorbenen Sohnes Max setzte im Kopf Silke Kretschmers einen zwanghaften Mechanismus in Gang mit der Folge, dass sie sich unbedingt einen Ersatz für Max besorgen musste. Im Jahr davor hatten starke Medikamente, unter deren Einfluss sie stand, sie weitestgehend handlungsunfähig gemacht. Daher blieb die Überschussreaktion seinerzeit noch aus. Ebenfalls erläuterte die Gutachterin, dass lichte Momente und straff organisiertes Handeln bei solch einer Erkrankung zwar nicht die Regel seien, jedoch mitunter vorkamen. So schaffte es Silke Kretschmer, sich unter den Kindern auf dem Spielplatz und dem Sommerfest die auszusuchen, die ihrem Max sehr ähnlichsahen. Darüber hinaus war sie offensichtlich in der Lage, sich bei ihrer Auswahl auf Familien zu konzentrieren, die nicht in der Gegend ansässig waren, was Silke Kretschmer ihrer Aussage nach schnell an deren Aussprache erkannt haben wollte.

»Jedenfalls lagen wir mit dem Grund richtig, warum sie Julian wieder ausgesetzt hat.«

»Ja, wenn wir ihr glauben, dann kam sie nicht auf seine stoische Art klar. Gott sei Dank hat sie ihn freigelassen und nicht umgebracht.«

Sie hatten ihren Wagen fast erreicht, da legte er seiner Kollegin die Hand auf die Schulter und stoppte sie.

»Lass uns noch einen Kaffee trinken, Blondie.« Sie wandte sich zu ihm und lächelte.

»Du zahlst.«

»Warum? Du hast doch sicher das Lösegeld eingesackt, oder?« Er zwinkerte ihr zu.

»Schön wär´s«, sagte sie lachend. »Aber das haben die Jungs von der Feuerwehr aus dem Motorradwrack geborgen und leider an die Kollegen der Autobahnpolizei übergeben.«

»Äh, gut, dann geb´ ich ausnahmsweise einen aus.« Sie trotteten durch die Stadt, bis sie ihr Ziel, ein kleines, beschauliches Café in der Nähe des Hafens, erreicht hatten.

»Ups, ich glaube, wir suchen uns ein anderes.« Goselüschen sah sie mit fragendem Blick an und schaute dann selbst durch die große Scheibe.

»Da guck an, heißes Gerät«, sagte Goselüschen staunend. »Ist sie das?« Maria nickte. Grinsend ließen sie Sebastian bei seinem Date mit Katja Detersen allein und steuerten das nächstgelegene Café an.

Danksagung

Eine Geschichte zu schreiben ist einfach. Daraus hingegen ein Buch entstehen zu lassen, ist ein umfangreiches Unterfangen. Für einen allein eine fast nicht zu bewältigende Aufgabe – jedenfalls für mich. Daher möchte ich mich bei allen herzlich bedanken, die sich – in welcher Form auch immer – eingebracht haben, damit aus meiner Geschichte ein fertiges Buch werden konnte.

Ein ganz spezieller Dank geht an Petra Thole von der Kripo Cloppenburg, die mich in allen Fachfragen hervorragend unterstützt und beraten hat.

Für die fachmännische Unterstützung in allen medizinischen Belangen bedanke ich mich herzlich bei Robert Splittgerber. Besonderer Dank gilt Tanja Loibl, welche wieder geholfen hat, meine verquere Aneinanderreihung von Wörtern zu lesbaren Sätzen umzuformulieren, soweit ich es zugelassen habe, und hoffentlich die meisten Fehlerteufel aus diesem Werk vertrieben hat. Nicht zu vergessen, meine vielen Testleser. Von denen möchte ich folgende hervorheben, da diese mir, nicht immer schöne, aber konstruktive Kritiken geschrieben haben: Iris Freinberger, Linda M. Berg, Drea Summer, Anja Lang, Birgit Van Troyen, Bianca Kober, Verena Dagge, Julia Schaal und Beate Majewski. Vielen Dank euch allen!

Über den Autor

Der Autor, 1970 geboren, lebt im niedersächsischen Vechta und ist Vater zweier erwachsener Kinder. Der Krimi *Mordseegrauen* ist seine elfte Veröffentlichung. Die Idee, Geschichten zu erzählen und Bücher daraus entstehen zu lassen, kam quasi über Nacht.

Selbst ist er großer Fan von Büchern Stephen Kings, Dean Koontz´ und John Grishams. Natürlich hat auch die Harry Potter-Reihe von J. K. Rowling einen festen Platz in seinem Bücherschrank.

Besucht ihn bei Facebook und folgt ihm auf der Autorenseite Marcus Ehrhardt. Oder abonniert ihn auf Instagram unter Marcus.Ehrhardt.Autor und verpasst keine Neuerscheinung mehr.

Bisher erschienen:
- *Fremde Angst – Burns Creek* (08/2017)
- *Fremde Angst – Nemesis* (10/2017)
- *Der Tote vom Stoppelmarkt* (12/2017)
- *Im Namen des ...* (02/2018)
- *Die Klaviatur der Gerechtigkeit* (05/2018)
- *Mordseerauschen* (07/2018)
- *Von Hass getrieben* (10/2018)
- *Mordseeflüstern* (11/2018)
- *Mordseegrollen* (01/2019)
- *Dein Glück stirbt in 4 Tagen* (03/2019)

Der achte Krimi mit Maria Fortmann und Peter Goselüschen, *Mordseelügen*, erscheint im Juli 2019.

Eine Bitte am Schluss

Liebe LeserInnen des Buches *Mordseegrauen:* Jeder hat
andere Vorlieben und Sichtweisen. Und ich maße mir
nicht an, ein Buch schreiben zu können, das jedem
gefällt. Jedoch bin ich bestrebt, dass jeder gut unterhalten wird, der eines meiner Bücher liest. Daher bitte
ich darum, nach Beendigung des Buches eine Rezen-
sion oder eine persönliche Bewertung zu hinterlassen.
Ich werde jede seriöse Kritik lesen und sie gegebenenfalls in mein weiteres Wirken einfließen lassen.

Dafür im Vorfeld bereits vielen Dank!